KB098470

—— 날마다,
응급실

날마다, 응급실

병원의 최전선에서
사람 살리는 이야기

───── 곽경훈

싱긋

1.

형광등의 빛은 밝고 차갑다. 거기에 바닥도 회색이
다. 물론 처음부터 회색은 아니었을 것이다. 하얀색에 가
까운 밝은 빛깔이 락스가 섞인 세제에 오랫동안 노출되
어 탈색되었을 가능성이 크다. 다만 형광등의 차가운 빛
에는 빛바랜 회색 바닥이 어울린다. 그 두 가지가 어울려
창백하고 음울한 느낌을 만들기 때문이다.

그렇지만 창백하고 음울한 느낌과 달리 온갖 소리와
냄새가 공간을 가득 채운다. 예상하지 못한 비극에 흐느
끼는 울음, 격렬한 고통에 날카롭게 울부짖는 비명, 서서
히 몸을 갉아먹는 고통에 낮게 깔리는 신음, 짜증과 분
노가 섞여 거칠게 항의하는 목소리, 의학용어를 다급하
게 외치는 목소리, 무엇인가 차분하게 설명하는 목소리,

간간이 들리는 욕설과 이동식 침대를 끄는 소리, 요란하게 울리는 전화와 또각이는 구두. 눈을 감아도 공간의 모습을 떠올릴 수 있을 만큼 소리가 다양하다. 냄새도 마찬가지다. 비릿한 피냄새, 피가 섞인 대변이 풍기는 특유의 쿰쿰한 냄새, 눈살이 찌푸려지면서도 묘하게 집중력을 높이는 오줌냄새, 락스가 섞인 세제와 소독약의 자극적인 냄새, 거기에 마지막으로 매캐한 담배냄새가 코를 찌른다.

담배냄새는 공간의 중심에서 시작한다. 술집의 바(bar)를 닮은 긴 가구에는 술병과 안주 대신 온갖 서류와 필기구, 전화가 어지럽게 놓여 있고, 하얀 가운을 입고 청진기를 목에 건 젊은 남자들이 모여 서류를 작성하거나 전화를 걸고 가끔은 자기네끼리 격렬한 대화를 주고받는다. 담배를 피우는 것도 바로 그들이다. 형광등 아래 피어오르는 담배연기에 몇몇 사람이 기침하고 눈살을 찌푸려도 그 '하얀 가운의 남자들'은 아랑곳하지 않는다.

놀랍게도 이 공간은 응급실이다. 1980년대 후반, 지역에 따라 1990년대 초반까지 '대학병원 응급실'에서 마주할 수 있었던 전형적인 모습이다.

2.

아주 예외적인 사례를 제외하면 대부분의 평범한 사람은 살면서 몇 번쯤 응급실을 찾기 마련이다. 다행히 구토와 설사를 동반한 복통, 문구용 도구나 주방용 칼에 살짝 베인 상처, 화장실과 계단에서 미끄러지며 입은 타박상, 일요일을 맞이하여 나선 조기축구회 시합에서 열정이 과도했던 상대의 깊은 태클에 입은 발목 염좌처럼 시간이 흐르면 '해프닝'으로 기억할 수 있는 경우가 많지만, 골절, 폐렴, 뇌졸중, 심근경색, 복막염 같은 한층 심각한 질환도 드물지 않다. 거기에 보호자로 찾은 경험까지 추가하면 응급실은 생각보다 친숙한 공간이다. 또, 응급실은 메디컬드라마에 빠지지 않고 등장하는 배경이라 환자와 보호자가 아니더라도 다들 어느 정도는 응급실에 대한 지식이 있다.

그러나 응급실이 어떤 공간이며 무슨 일을 하는지, 또 누가 어떤 방식으로 환자를 진료하는지를 제대로 아는 사람은 많지 않다. 심지어 의료진도 응급실과 관련이 없는 업무를 오랫동안 담당하면 응급실에서 이루어지는 진료를 종종 오해한다.

그래서 적지 않은 사람이 응급실을 '외래를 보조하

는 부서', '야간과 휴일에 아주 기본적인 치료만 담당하는 간이진료소' 정도로 생각한다. 또, 응급실에서 일하는 의료진은 경험과 전문성이 부족한 존재일 것이라 추측하며 의료진뿐만 아니라 응급실에서 일하는 다른 직종도 '어쩔 수 없이 응급실에서 일하는 부류'라 판단한다.

당연히 모두 잘못된 경험에 근거한 편견이다. '외래를 보조하는 부서', '야간과 휴일에 아주 기본적인 치료만 담당하는 간이진료소'는 1980년대와 1990년대 초반의 응급실에 해당할 뿐이다. 오늘날의 응급실에서 '의사가 뿜어내는 담배연기'를 찾을 수 없는 것처럼 2000년대 이후의 응급실은 야간과 휴일뿐만 아니라 주간에도 '중증환자를 신속하고 정확하게 진단하여 치료하는 곳'이며 외래에 종속하지 않은 독자적인 부서다.

그렇다면 오늘날의 응급실에서는 과연 어떤 일이 일어나며 어떤 사람이 일하는지 살펴보자.

차례

프롤로그   004

응급실과 음식   011

1장_ 응급실의 정기거주자

보안요원, 환자분류 간호사, 그리고 행정직원   028

응급의학과의사   040

간호사   051

2장_응급실의 임시거주자

모든 생명은 심장으로 통한다   070

칼잡이 중의 칼잡이   083

영혼의 집을 고쳐라   097

응급실의 이방인   112

피라미드의 맨 아래   125

홀로 죽음을 맞이하다   136

외롭게 죽음을 맞이하다   144

에필로그   154

응급실과 음식

1.

'눈부신 아침햇살'은 상쾌하고 청량하다. 그래서 우울과 고민, 짜증을 잠시나마 날려버릴 수 있다. 하지만 눈부신 아침햇살을 맞이하기는 쉽지 않다. 구름 한 점 없이 높고 푸른 하늘이 펼쳐지는 가을에나 겨우 맞이할 수 있을 뿐이다.

그런데 꼭 그렇지는 않다. 다소 구름이 낀 날, 잔뜩 흐려 태양이 간간이 고개를 내미는 날에도 눈부신 아침햇살을 마주할 수 있다. 함박눈이 퍼붓는 겨울이나 장대비가 쏟아지는 장마철만 아니면 언제든 눈부신 아침햇살을 마주할 수 있는 확실한 방법이 있다. 바로 '밤새 잠을 자지 않는 것'이다. 거기다 밤새 긴장과 집중을 반복하기까지 하면 새벽의 어스름한 빛조차 눈부시다. 물론 그것만으로는 눈부신 아침햇살이 주는 상쾌함과 청량함을 제대로 느끼기 어렵다. 수면을 박탈하면 강하지 않은 빛에도 눈이 부시고, 동시에 주변과 내가 분리되는 듯한 느낌, 홀로 다른 차원에 있는 것만 같은 기분이 들기 때문이다. 그래서 화학물질, 정확히 말하면 '카페인'의 도움이 필요하다.

그날도 그랬다. 점원은 스누피가 그려진 커다란 머그컵을 건넸다. 다만 머그컵에는 아무것도 없었다. 따뜻하게 데운 상태였으나 물 한 방울도 들어 있지 않았다. 나는 머그컵의 딱딱하고 뜨거운 촉감을 느끼며 천천히 식당 한쪽에 자리한 탁자로 향했다. 탁자에는 성인 상반신 크기의 은색으로 반짝이는 통이 있고 거기에는 수도꼭지가 달려 있다. 익숙한 동작으로 머그컵을 위치하고 수도꼭지를 틀자 갈색 액체가 뿜어져나왔다. 커다란 머그컵의 8할을 채운 다음에야 수도꼭지를 잠그고 우리 테이블로 돌아왔다.

"또 커피를 마셔요?"

테이블에 앉은 일행이 깜짝 놀란 표정을 짓거나 신기하다는 얼굴로 말했다. 그러고 보면 커다란 머그컵에 커피를 받은 사람은 나뿐이다. 펩시콜라, 닥터페퍼, 마운

틴듀. 나머지는 모두 탄산음료였다. 이해하지 못할 선택은 아니다. 게다가 나쁜 선택도 아니다. 달콤한 탄산음료는 짧은 시간이나마 피곤을 잊게 하고 활력을 찾아주니까. 하지만 탄산음료로는 눈부신 아침햇살을 맞이할 수 없다. 그래서 나는 싱긋 웃으며 머그컵을 든다. 갈색 액체가 혀끝에 닿기 전, 특유의 쌉쌀한 냄새가 코를 자극한다. 물론 그 냄새는 풍부하지도 않고 감미롭지도 않다. 그런 풍부하고 감미로운 향기는 바리스타가 정성껏 우려낸 커피에나 존재한다. 그렇다고 에스프레소처럼 깔끔하게 강렬한 것도 아니다. 그저 엄청나게 쓰디쓸 뿐이다. 한약을 달여내는 것처럼 커피포트에서 밤새 끓인 다음, 반짝이는 은색 보온통에 넣었으니 그럴 수밖에 없다. 깔끔한 강렬함은 애시당초 없었고 풍부하고 감미로운 향은 죄다 날아갔으니 딱 '쓰디쓴 맛'만 남았을 뿐이다. 평소라면 '최악의 커피'가 틀림없으나 그 상황에서는 '최고의 커피'다. 긴장과 집중을 반복하며 뜬눈으로 밤을 보내 약한 빛에도 눈이 부시지만, 주변과 내가 분리되는 것처럼 느껴지는 순간에 그런 커피를 마시면 짧게나마 '맑은 가을에 맞이하는 눈부신 아침햇살'을 마주할 수 있기 때문이다.

커피 덕에 기분이 좋아지면 비로소 주변을 느낄 수 있다. 가장 먼저 베이컨을 굽는 냄새가 코를 간지럽힌다. 지방이 타는 특유의 냄새에 자연스럽게 철판에서 지글거리는 베이컨의 모습이 떠오른다. 다음에는 버터를 듬뿍 발라 굽는 베이글이다. 도너츠와 닮았으나 바삭바삭한 대신 촉촉한 베이글을 절반으로 자른다. 잘린 면에 버터를 바르고 철판에 구운 다음, 다시 크림치즈를 듬뿍 바른다. 특히 크림치즈는 방수공사를 하는 것처럼 빠짐없이 골고루 발라야 한다. 물론 그 과정은 오롯이 요리사의 몫일 뿐, 내가 개입할 수 없다.

다행히 접시에 담아 나온 음식이 그런 기대에 어긋나는 경우는 극히 드물다. 절반으로 잘라 버터와 함께 구운 다음, 크림치즈를 두껍게 바른 베이글은 한 입만 먹어도 바삭함, 촉촉함, 쫀득함, 고소함을 모두 느낄 수 있다. 바싹 구운 베이컨은 짭짤하고 과자처럼 부스러진다. 노른자를 터트리지 않고 완성한 계란후라이는 베이컨의 짠맛을 적절하게 통제한다. 마지막으로 토마토 한 조각은 기름진 음식을 잔뜩 먹었다는 죄책감을 덜어준다.

어느 정도 배를 채우면 비로소 대화를 시작한다. 의과대학 시절의 일화나 병원에 퍼진 소문이 가끔 화제에 오르기도 하지만, 지난 밤근무, 긴장과 집중을 반복했던 시간에 대한 내용이 대부분을 차지한다. 온갖 사람이 환자와 보호자로 응급실을 방문하는 만큼 이야기는 매우 다양하다. 인사불성에 가깝게 취한 환자의 난동, 빨리 치료하지 않는다고 화내며 의료진을 위협하는 보호자, 진료비를 내지 않으려고 화장실에서 몰래 정맥주사를 제거하고 도망친 중년 남자 같은 응급실의 소소한 일상도 있으며, 반면에 어렵게 연락이 닿은 가족이 매몰차게 전화를 끊어버린 부랑자, 쪽방에서 외로운 하루하루를 살다가 끙끙 앓으며 구급대에 실려온 독거노인, 짧은 생애 내내 병원을 드나든 소아와 젊음의 아름다움이 절정으로 치닫을 시기에 예상하지 못한 질병을 만난 사람처럼 안타까운 사례도 적지 않다. 심각한 상태로 응급실에 도착한 환자가 위기를 넘기고 중환자실에 입원하거나 복잡하고 애매한 질환을 신속하게 진단해서 환자의 생명을 구하는 경우처럼 의사의 입장에서 가장 영광스럽고 감동적인 사건도 포함한다. 당연히 대학병원의 거대한 조직이 만드는 부조리, 임상과마다 한 명쯤 있기 마련인 괴팍한 교수, 응급실의 호출에 시큰둥하고 까탈스럽게 대응하는 고년차 레지던트에 대한 뒷담화도 큰 몫을 차지한다.

오전 7시에 출근해서 다음날 오전 10시 무렵까지, 아무리 짧아도 26시간 남짓한 응급실 근무를 마치면 함께 밤을 새운 응급실 인턴과 병원 근처 식당을 찾아 음식을 먹고 수다를 떤 일은 4년의 레지던트 시절을 버티게 한 소소한 활력인 동시에 10년이 지난 지금도 즐겁게 떠올릴 수 있는 추억이다. 그때마다 찾은 메뉴가 순댓국, 밀면, 콩국, 떡볶이와 김밥 같은 '한국적인 음식'이 아니라 미국드라마에 등장할 법한 음식인 이유는 레지던트로 수련한 대학병원 근처에 미군부대가 있었기 때문이다.

안타깝게도 해당 식당은 폐점해서 이제는 기억에만 남아 있을 뿐이다. 그래도 레지던트 시절을 추억할 때마다 그 식당의 분위기와 거기서 먹은 음식의 맛과 향이 가장 먼저 떠오른다. 밤근무를 마치고 진한 커피에 힘입어 만나는 '찬란한 아침햇살'과 함께.

2.

몇몇 예외를 제외하면 병원에서 환자에게 제공하는 식사는 맛이 없다. 이유는 복합적이다. 일단 환자 입장으로 병원에 있으면 어떤 음식도 맛없을 수밖에 없다. 게다가 소금과 설탕 같은 조미료를 최소화해서, 자극적인 맛에 익숙한 입맛이 만족하지 않는다. 마지막으로 일정 규모 이상의 병원, 특히 대학병원은 요리를 담당하는 직원이 '맛있는 음식을 만들겠다'는 열정(?)을 품는 경우가 드물다.

그러다보니 직원식당에서 제공하는 음식도 역시 맛이 없다. 특별한 몇몇 사례를 제외하면 환자에게 제공하는 식사를 만드는 인력이 직원식당을 운영하기 때문이다. 그래서 지금 근무하는 병원과 레지던트 시절 수련한 대학병원 모두 직원식당의 음식이 엄청나게 맛없다. 레지던트 시절에는 '이 병원 어딘가에는 훌륭한 재료로 최대한 맛없는 음식을 만드는 법을 탐구하는 비밀 연구소가 있을 것'이라는 농담을 내뱉기도 했다.

하지만 다행(?)히 응급의학과의사는 직원식당의 음식을 먹을 기회가 드물다. 응급실은 24시간 내내 멈추지 않는 공간이라 식사를 위해서 20~30분 동안 응급실을 비울 수 없기 때문이다. 물론 응급실 환자가 모두 안정적이면 20~30분가량 시간을 내는 것이 가능하다. 그러나 응급실에서는 당장 다음 순간도 예상하기 어렵다. 기존 환자의 상태가 급격히 악화할 수도 있고, 당장이라도

119 구급대가 중증환자를 이송할 수도 있다.

그래서 응급의학과의사는 다양한 방법으로 식사를 해결한다. 과연 어떤 방법을 선택할까?

아마 대부분은 배달음식, 그중에서도 중화요리를 가장 먼저 떠올릴 것이다. 짜장면, 짬뽕, 울면, 볶음밥, 짬뽕밥, 탕수육, 깐풍기는 모두 매우 친숙한 음식이며 호불호가 크게 갈리지 않는다. 또, 주문하면 비교적 빠른 시간에 따뜻한 음식이 도착한다. 하지만 응급실에 근무하며 중화요리로 식사를 해결하는 것은 매우 위험(?)한 선택이다. 앞서 말했듯, 응급실은 당장 다음 순간도 예상하기 어렵다. 그러니 이제 막 식사를 하려는 찰나에 갑작스레 구급대가 중환자를 이송한 상황을 상상해보라. 돼지고기와 야채, 춘장이 적절히 섞인 짜장과 탱글탱글한 면을 비벼 기름이 반들거리는 먹음직스러운 면발을 한입 먹으려는 순간, '혈압이 낮고 자발호흡이 불규칙한 환자입니다'라는 말에 후다닥 달려나간다. 그러다가 1시간쯤 후, 환자가 안정해서 돌아오면 '짜장떡'에 가까운 음식을 마주할 수 있다. 짬뽕도 마찬가지다. 홍합과 오징어 같은 해산물과 양파와 버섯 같은 야채가 골고루 섞인 빨간 국물에 숨은 면발을 젓가락으로 집어올리는 순간,

'호흡곤란과 흉통을 호소하는 환자입니다'라는 말에 달려나간다. 그러다가 1시간쯤 후, 환자가 심혈관조영술을 받고 중환자실에 입원하는 것을 확인하고 돌아오면 국물은 차갑게 식고 면발은 지렁이처럼 불어 있다. 그래서 중화요리는 좋은 선택이 아니다. 그래도 굳이 중화요리를 주문하겠다면 짬뽕과 짜장면이 아닌 볶음밥이 가장 나은 선택이다.

다음은 햄버거다. 간편하게 먹을 수 있을 뿐만 아니라 햄버거 자체는 식어도 그럭저럭 맛을 보장한다. (안타깝게도 감자튀김은 그렇지 않아 식으면 기름에 잔뜩 절은 차갑고 탄력 없는 탄수화물일 뿐이다.) 하지만 레지던트 시절 당시 대학병원에서는 '인턴과 레지던트의 복지'를 위해 이틀에 한 번씩 80~100개 정도의 햄버거를 전공의 숙소에 제공했다. 유명한 M사가 아니라 좋게 말하면 '아시아의 맛'을 자랑하는 L사의 제품이었으며 거기서도 가장 싼 가격대의 햄버거였다. 그렇다보니 당시에는 햄버거를 떠올리기도 싫었다. 그래서 물릴 만큼 물린 햄버거를 굳이 주문하는 경우는 극히 드물다.

세번째는 배달전문 식당이다. 대학병원에 근무하는 인턴과 레지던트의 숫자만 헤아려도 수백이니 그들을 대상으로 하는 배달전문 식당이 있을 수밖에 없다. 경쟁에서 살아남은 두어 곳의 식당이 대학병원 전체의 주문을 독점하고 있었으며 메뉴는 매우 다양했다. 된장찌개, 순두부찌개, 김치찌개, 두루치기 같은 전통적인 한식부터 오므라이스와 카레라이스, 돈가스 같은 경양식, 비빔밥, 국적불명의 다양한 덮밥류까지 별의별 메뉴가 다 있었다. 무엇보다 그런 배달전문 식당은 기본 반찬이 훌륭했다. 계란옷을 입혀 부친 '옛날 소시지', 케첩을 넣고 양파와 함께 볶은 비엔나소시지, 계란후라이, 간장으로 간을 맞춘 어묵볶음, 김치전과 부추전. 그렇게 기본 반찬만으로도 밥 한 공기를 너끈히 먹을 수 있다. 다만 배달전문 식당의 요리사는 화학조미료와 소금, 설탕을 아낌없이 넣는다. 특히 순두부찌개에는 틀림없이 라면스프를 사용한 맛과 향이 강렬했다.

그런데 배달음식이 가능하지 않은 상황도 종종 마주한다. 그럴 때는 편의점 음식을 먹을 수밖에 없다. 대학병원에는 인턴과 레지던트 같은 전공의뿐만 아니라 엄청난 숫자의 환자와 보호자가 숙식을 해결하며 생활한다. 따라서 24시간 편의점은 대학병원에 필수적인 편의시설이다. 그렇다면 어떤 편의점 음식을 선택할까? 편의점 도시락? 아니다. 10년 전, 레지던트 시절에는 요즘처럼 편의점 도시락이 다양하지 않았다. 그리고 요즘에도 응급실 근무중에 편의점 도시락을 먹는 일은 매우 드물다. 훨씬 맛있는 식단을 조합할 수 있어 굳이 편의점 도시락을 먹을 이유가 없기 때문이다. 그렇다고 '라면과 햇반', '3분 카레와 햇반' 같은 빤한 조합은 아니다. 응급실 근무에서 식사를 해결하는 '편의점 음식의 조합'은 야채참치캔, 포장한 볶음김치, 그리고 햇반이다. 햇반의 포장을 뜯고 야채참치와 볶음김치를 부은 다음, 전자렌지에 3~4분가량 데우고 골고루 섞어 비비면 훌륭한 식사가 된다. 거기에 컵라면 형식으로 포장한 즉석 된장국을 추가하면 거의 완벽하다. 물론 칼로리 폭탄이 틀림없으며 건강한 음식과는 지구와 안드로메다 사이에 버금가는 거리가 있을 것이다.

3.

힘든 밤근무를 마친 퇴근길에 먹는 음식과 근무중 식사를 해결하는 음식이 응급실과 관련한 음식의 전부는 아니다. 응급실에서 일하다보면 아예 딱딱한 음식을 먹을 기회조차 없이 바쁜 날도 적지 않다. 또, 그런 경우가 아니어도 음료는 응급실 근무에서 큰 의미를 지닌다.

　인턴, 레지던트, 전문의, 간호사 같은 직종과 관계없이 가장 인기 있는 음료는 탄산음료다. 또, 탄산음료 중에서는 콜라가 압도적인 인기를 끈다. 대부분은 도무지 양립할 수 없을 듯한 톡 쏘는 청량함과 달짝지근함을 동시에 주는 콜라의 유혹을 뿌리치기 힘들어한다. 소수가 사이다를 선호하지만 이들은 인도에 남아 있는 조로아스터교 신자 같은 존재다. (인도 인구의 대부분은 힌두교와 이슬람교를 믿는다. 조로아스터교는 원래 페르시아제국의 종교였다가 이슬람교가 번성하자 박해를 피해 인도로 피신했고, 오늘날에도 수만 명의 사람이 자신을 '파르시', 그러니까 조로아스터교 신자로 구분한다. 십수억을 헤아리는 인도 인구를 감안하면 정말 극소수다.) 다만 '제로 콜라'는 인기가 없다. 응급실은 바쁘고 긴장 넘치고 힘든 공간이며 식사를 거르는 상황도 적지 않다. 그러니 다이어트는 접어둘 수밖에 없으며 '제로 칼로리 콜라'는 적어도 응급실에서는 환영받지 못하는 불청객에 지나지 않는다. 덧붙여 '환타'는 징크스와 관련하여 금기에 오른 탄산음료다. '환타'는 '환자를 탄다'는 문장의 줄임말로, '환자가 많이 방문한다' 혹은 '심각한 질환에 해당하나 진단이 극히 어려운 환자가 방문한다' 같은 상황을 의미하는 응급실의 은어이기 때문이다. 그래서 환타를 마시지 않는 것은 응급실의 불문율이다. 새롭게 응급실 근무를 시작한 신참 인턴이 별다른 생각 없이 자판기에서 환타를 뽑아 캔뚜껑을 따는 순간, 잔뜩 찌푸린 얼굴의 응급의학과 레지던트가 나타나 '아니! 환타를 마시다니!'라며 나무라는 모습을 3월과 4월의 응급실에서 어렵지 않게 찾을 수 있다.

탄산음료 다음가는 인기 품목은 인스턴트커피다. 흔히 '커피믹스'라 부르는 커피, 설탕, 프림이 골고루 섞인 봉지를 뜯어 뜨거운 물을 부은 종이컵에 타서 마시는 행위는 응급실뿐만 아니라 한국에 있는 대부분의 일터에서 쉽게 목격할 수 있다. 카페인의 장점을 충분히 제공하면서도 달콤한 설탕과 부드러운 프림이 커피의 쓴맛을 상쇄하기에 믹스커피는 응급실에서도 큰 인기를 누린다. 다만 조그마한 짬만 생겨도 쉽게 마실 수 있는 탄산음료와 달리 종이컵에 뜨거운 물을 붓고 커피믹스를 녹이는 시간이 필요하며 빨리 마시기도 어려워 아쉽게도 2인자일 수밖에 없다.

세번째는 카페에서 파는 커피음료다. 로비에 커피전

문점이 없는 대학병원은 극히 드물어 탄산음료와 믹스커피의 자리를 위협하는 신흥강자다. 뜨거운 커피는 인기가 없고, '아이스 카라멜 마끼아또', '아이스 바닐라 라떼'처럼 얼음, 크림, 시럽, 우유를 듬뿍 넣은 메뉴가 큰 인기를 얻는다. 달콤함에서 위안을 얻고 차가움에서 청량감을 느끼며 카페인에서 긴장을 버틸 힘을 찾을 수 있기 때문이다.

그러나 어디에나 '괴팍한 비주류'는 있기 마련이다. 레지던트 시절부터 지금까지 나는 탄산음료를 마시지 않는다. 마찬가지로 믹스커피와 얼음, 크림, 시럽, 우유를 듬뿍 넣은 커피음료도 마시지 않는다. 뜨거운 아메리카노와 에스프레소가 내가 즐기는 유일한 음료다. 그나마 뜨거운 아메리카노는 약간 여유가 있을 때만 마실 수 있어 레지던트 시절 대부분은 에스프레소를 마셨다. 고온 고압의 물로 추출한 20~30cc의 뜨겁고 까만 액체를 단숨에 들이켜면 강렬한 쓴맛과 깔끔한 신맛이 혀끝부터 목구멍을 압도한다. 탄산음료, 믹스커피, 차갑고 달달한 커피음료는 쓰고 시고 뜨거운 에스프레소가 주는 힘을 결코 흉내내지 못한다. 게다가 주문에서 입안에 털어넣기까지 2~3분밖에 소모하지 않는다.

레지던트 시절에는 응급실 바로 옆에 커피전문점이 위치해서 근무할 때면 7~8잔의 에스프레소를 마셨다. 그래서 지금도 에스프레소를 마시면 응급실에서 겪은 많은 일이 떠오른다.

,

1장

응급실의
정기거주자

보안요원, 환자분류 간호사,
그리고 행정직원

1.

환자나 보호자의 입장에서 응급실을 찾을 때, 어떤 사람을 가장 먼저 마주할까? 응급실 인턴? 응급의학과 전공의? 환자분류 간호사? 모두 아니다. 119 구급대를 이용하는 사례를 제외하면, 환자와 보호자가 응급실을 방문할 때 가장 먼저 마주하는 사람은 보안요원이다.

친절한 미소를 머금은 얼굴, 방검복—민간인 총기소유를 엄격히 제한하는 한국 정부에 감사하라—을 입은, 밑으로 딱 벌어진 어깨가 도드라지는 몸통, 길고 튼튼한 팔과 다리, 허리춤에 장착한 가스총까지, 보안요원은 위협적이지 않으면서도 안정과 신뢰를 준다.

물론 처음부터 그런 보안요원을 응급실에 배치하지는 않았다. 예전에는 보안요원이 아예 없거나, '위험으로부터 타인을 보호할 수 있을까? 오히려 그런 상황에서 보호가 필요하지 않을까?' 하는 의문을 품을 수밖에 없는 사람을 배치했다. 응급실에서 발생할 수 있는 위험을 대수롭지 않게 생각했기 때문이다. 기껏해야 술 취한 사람이 소소한 난동을 부리거나, 응급 상황이 아니어서 진료 순서가 늦어지는 것을 이해하지 못한 환자와 보호자가 폭언하며 거칠게 항의하는 것이 '응급실에서 발생할 수 있는 위험의 전부'라고 판단했다.

하지만 응급실에는 온갖 위험이 잠재한다. 예를 들어, 제대로 치료하지 않아 피해망상에 시달리는 환자가 방문하는 상황만 해도 매우 위험하다. 물론 정신질환—조현병을 포함해서—을 지닌 환자의 강력범죄율은 정신질환을 앓지 않는 집단에 비해 낮다. 다만 제대로 치료하지 않아 환청을 비롯한 망상, 특히 피해망상이 극도로 악화한 경우에는 매우 위험하고 폭력적이다. 그래서 '다른 사람을 해치겠다'가 아니라 '다른 사람이 나를 살해하려하니 스스로 지키겠다'는 생각에 끔찍한 폭력을 행사할 가능성이 있다. 거기에다 응급실에는 흉기로 사용할 수 있는 도구가 꽤 많다. 수액을 거는 막대만 해도 뽑아서 휘두르면 위협적이며, 수술용 가위, 매스를 비롯한 각종

의료도구, 의료용 알코올 같은 인화성 물질 모두 흉기로 악용할 수 있다.

덧붙여 환자와 보호자의 행동이 단순히 '거친 폭언'에 그치지 않는 상황도 때때로 발생한다. 내가 인턴과 레지던트 시절을 보낸 대학병원이 정식 보안요원을 채용한 게기도 그런 사건이다. 응급실에 딸린 40개의 병상이 환자로 가득차서 응급실 복도에 임시병상까지 설치한 '휴일 응급실의 평범한 오후'에 3세 아이가 어머니와 함께 내원했다. 아이는 기침과 경미한 발열을 호소했으나 다행히 의식이 명료했고 호흡곤란도 없었으며 X-ray에도 폐렴을 의심할 만한 변화는 확인되지 않았다. 그래서 혈액검사를 시행하려는 찰나, 아이의 아버지가 응급실에 도착했다. 아무리 많아도 30대 중반을 넘지 않을 나이에 약간 비만하지만 건장한 체격을 지닌 그는 술 취해 시뻘건 얼굴로 다짜고짜 '당장 의사새끼를 불러와!'라고 고함치며 응급실 내부로 돌진했다. 그때도 '명목상'으로는 경비직원이 있었으나 남자가 나타났을 때부터 멀찍이 서서 몸을 사리고 있었다. 남자는 응급실 입구에 있는 의자를 집어 바닥에 내동댕이쳤다. 의자가 부서지면서 몇몇 보호자가 비명을 질렀고 대부분의 의료진은 얼어붙어 움직이지 못했다. 남자는 시뻘겋게 달아오른 얼굴만큼 붉게 충혈된 눈을 번뜩이며 주위를 두리번거렸다. 희생자를 찾는 야수, 사냥감을 찾는 포식자를 떠올리게 하는 모습으로 이내 '불운한 표적'을 골랐다. 남자는 진료용 컴퓨터 앞에 앉아 처방을 입력하던 신경과 레지던트에게 달려들었다. 아이를 담당한 응급실 인턴 혹은 응급의학과나 소아과 레지던트라면 모를까, 신경과 레지던트는 아이와 전혀 관계가 없었으나 남자에게는 '의사'라면 모두 같은 사람이나 마찬가지였다. 남자는 신경과 레지던트에게 주먹세례를 퍼부었다. 체격이 크지 않은 신경과 레지던트는 웅크린 채 일방적으로 구타당했다. 그냥 두면 신경과 레지던트가 크게 다칠 것만 같아 정형외과 레지던트와 당시 응급실 인턴이었던 내가 뛰어가서 말리자 남자는 우리에게도 주먹을 날렸다. 정형외과 레지던트는 턱에 주먹을 맞고 주춤했다. 나는 운좋게 주먹을 피했고 어쩔 수 없이 복싱 자세를 취했다. 왼손은 가볍게 주먹을 쥐어 앞으로 뻗고 오른손은 턱까지 들어 방어하며 무릎을 약간 굽힌 왼발을 조금 앞으로 낸 자세를 취하자 신기하게도 투우사 같은 기분이 들었다. 오른손 잽을 가볍게 몇 번 꽂으면 성난 황소를 우아하게 쓰러뜨리는 투우사처럼 남자를 제압할 수 있을 것 같았다. 하지만 다행히 그런 상황은 벌어지지 않았다. 아이의 어머니, 그러니까 남자의 아내가 뛰어들어 나를 가로막았기 때문이다.

어쨌거나 술 취한 남자가 신경과 레지던트를 폭행한 사건에 대부분의 전공의가 분노했다. 급기야 전공의 대표는 '응급실의 보안을 강화하지 않으면 단체행동에 나서겠다'고 병원에 통보했다. 그제야 병원도 상황의 심각성을 인식하고 명목상의 경비직원이 아니라 '진짜 보안요원'을 채용했다.

물론 엄밀히 따지면 병원이 직접 채용한 것이 아니라 보안업체에 용역을 의뢰한 것이다. 사실 직접 보안요원을 고용하는 병원은 극히 드물다. 또, 전문적인 보안업체에 용역을 의뢰하는 쪽이 안전한 응급실을 구현하는 데에 훨씬 효율적이다.

이러한 이유로, 응급실을 찾았을 때 가장 처음 만나는 사람은 보안요원이다.

2.

응급실에서 두번째로 마주하는 사람은 의료인에 속

한다. 보안요원이 '잠깐만 기다리세요' 하고 제지한 후 곧이어 나타나는 경우가 많고, 때로는 보안요원과 함께 나타나기도 한다. 나이는 적어도 20대 후반에서 30대 초반 이상일 때가 많고 수술복을 닮은 근무복에는 주머니마다 필기구와 수첩, 펜라이트 같은 물품이 잔뜩 있을 것이며 목에는 청진기를 둘렀을 가능성이 크다. 신발은 운동화 혹은 크록스일 것이며 여유롭고 자신 있는 표정으로 '어디가 불편하세요?'라고 물을 것이다. 그러고는 혈압, 체온, 맥박수, 호흡수를 측정할 것이며 언제부터 아팠는지, 치료하고 있는 다른 질환은 있는지, 혹시 약물에 대한 알레르기가 있는지, 수술받은 경력이 있는지를 연이어 질문할 것이다. 그렇다면 그는 의사일까? 아니다. '환자분류 간호사'일 가능성이 크다.

환자분류(triage)는 응급실에서 '진료의 시작'에 해당할 뿐만 아니라 아주 중요한 업무다. 응급실은 단순히 도착한 순서에 따라 기계적으로 진료하는 공간이 아니기 때문이다. 응급실의 진료순서는 도착한 순서보다 위급한 정도를 따른다. 그런데 생각보다 이 위급한 정도를 결정하기 어려운 상황이 많다.

예를 들어, 머리에서 피를 흘려 얼굴이 붉게 물든 환

자와 식은땀을 흘리면서 몸을 웅크린 환자 중에 누가 우선일까? 언뜻 전자가 우선이라 판단할 수 있다. 실제로 적지 않은 환자와 보호자가 '머리에서 피를 흘리니 당장 봐달라'고 소리칠 때가 많다. 그러나 정말 위급한 환자는 후자다. 식은땀을 흘리고 몸을 웅크리며 도착한 환자는 심근경색(acute myocardial infarction, 심장근육에 혈액을 공급하는 관상동맥이 막히는 질환으로 응급시술을 시행하지 않으면 사망할 위험이 매우 크다) 혹은 대동맥박리(aortic dissection, 심장과 바로 연결하는 거대한 동맥인 대동맥이 찢어지는 질환으로 응급수술을 시행하지 않으면 사망할 위험이 크다)에 해당할 가능성이 크기 때문이다.

이런 환자분류는 응급실뿐만 아니라 병원전단계에서도 큰 위력을 발휘한다. 건물붕괴, 대규모 교통사고, 대형화재, 지진, 산사태 같은 재난에서는 짧은 시간에 많은 환자가 발생해서 누구부터 이송하여 치료할 것인지 판단하는 것이 매우 중요하기 때문이다. 체계적인 환자분류를 최초로 사용한 사람은 '나폴레옹 1세의 군의관'으로 이름을 날린 도미니크장 라레(Dominique-Jean Larrey)다. 라레가 등장하기 전에는 전장에서 환자가 발생하면 전투가 일단락되기를 기다렸다가 치료했다. 당연히 그런 과정에서 상태가 악화하여 사망하는 부상자가 많았다. 라레는 그런 기존의 관습에 반대하며 구급마차를 도입하여 전장에서 환자가 발생하면 위험을 무릅쓰고 즉시 야전병원으로 옮겨 응급수술을 시행했다. 그러니 환자분류가 중요할 수밖에 없었다. 위험을 무릅쓰고 전장에 구급마차를 투입하는 만큼 살릴 수 있는 부상자를 선별하여 옮기는 것이 중요했기 때문이다. 그래서 라레는 색깔이 다른 카드로 부상자를 구분했다. 검정은 이미 사망했거나 부상이 너무 심해 생존할 가능성이 매우 희박한 환자, 빨강은 부상이 심각하나 빨리 치료하면 생명을 구할 수 있는 환자, 노랑은 팔의 골절처럼 심각한 부상이 있으나 치료를 지체해도 생명에 지장이 없는 환자, 마지막으로 녹색은 찰과상 혹은 타박상처럼 아주 경미해서 가장 늦게 치료해도 무방한 환자를 의미한다. 라레가 만든 이런 분류는 오늘날에도 대규모 환자가 발생하는 상황에서 여전히 사용된다.

물론 아주 예외적인 상황을 제외하면 응급실에서 라레가 만든 색깔분류법을 사용하는 상황은 극히 드물다. 하지만 의식저하를 보이는 환자, 심한 호흡곤란을 호소하는 환자, 혈압이 심각하게 낮은 환자처럼 한눈에도 중증질환에 해당한다는 것을 쉽게 파악할 수 있는 경우를 제외하면 응급실 입구의 환자분류가 치료의 승패에 큰 영향을 미치는 것은 틀림없다. 그래서 환자분류는 어느 정도 경험을 쌓은 유능한 간호사가 담당하는 경우가 많다. 응급의학과의사가 처음부터 직접 환자분류를 담당하는 병원도 있으나 다양한 연구에서 환자분류만큼은 경험 있는 간호사와 응급의학과의사 사이에 큰 차이가 없는 것으로 판명되어 간호사가 담당하는 병원이 좀더 많다.

이렇게 환자분류를 진행하는 동안, 세번째 사람이 다가온다.

3.

응급실에서 마주하는 세번째 사람은 행정직원이다. 진료를 원활하게 진행하려면 환자의 신원을 밝혀야 하기 때문이다. 특히 오늘날처럼 전산화가 이루어진 경우에는 더욱 그렇다. 환자의 신원을 파악해서 진료시스템에 등록하지 않으면 간단한 약물도 투여하기 어렵고 X-ray 한 장도 찍기 힘들다. 또, 환자가 누군지 파악해야 이전에 병원을 방문한 기록이 있는지, 이전에 방문했다면 어떤 질환이 있고 무슨 수술을 받았는지 같은 진료에 꼭 필요한 정보를 신속하게 확인할 수 있다.

그런데 환자의 신원을 제대로 파악할 수 없는 상황도 존재한다. 119 구급대가 의식을 잃고 쓰러진 상태로 발견된 환자를 이송하는 상황이 대표적인 사례다. 특히 그런 상황에서 환자가 신분증을 지니고 있지 않으면 복잡한 문제가 발생한다. 환자의 신원을 파악하지 못해도 일단 '무명남' 혹은 '무명녀'로 진료시스템에 등록해서 검사와 치료를 진행할 수 있다. 그러나 뇌출혈, 뇌경색, 심근경색, 복막염, 대동맥박리, 중증외상처럼 응급시술이나 응급수술이 필요한 질환을 진단하면 신원을 파악해서 보호자를 찾아야 한다. 물론 당장 환자의 신원을 파악할 수 없고 그래서 보호자를 찾지 못하는 경우에도 응급수술과 응급시술은 당연히 가능하다. 하지만 환자의 상태가 나쁠수록 가까운 가족에게 연락해야 한층 유연하게 진료를 진행할 수 있다.

이런 이유 때문에 응급실에 근무하는 행정직원은 신원파악에 능숙하다. 환자에게 신분증이 없는 경우에는 조그마한 단서 하나하나에 집중한다. 지갑에 있는 명함 한 장, 수첩에 적힌 전화번호 하나가 신원을 파악하는 실마리일 수 있다. 물론 '○○병원 응급실입니다. 죄송합니다만 지금 우리 응급실에 신원을 알 수 없는 환자가 있습니다. 그런데 환자의 소지품에서 선생님의 전화번호를 발견하여 연락드렸습니다'로 시작하는 말에 무뚝뚝하게 전화를 끊어버리기도 하고 화내며 욕설을 퍼붓는 사례도 있으며 퉁명스레 '누구지 알 것 같지만 나는 관여하고 싶지 않다'고 말하는 경우도 종종 있다.

그뿐만 아니라 보호자와 함께 응급실을 방문했거나 그리 심각하지 않은 증상으로 명료한 의식을 지니고 응급실을 찾은 환자도 행정직원에게 짜증을 내거나 폭언을 퍼부을 때가 가끔 있다.

'아니, 이것 봐요. 사람이 아픈데 접수부터 하란 말이오!', '당신네는 죽어가는 사람을 앞에 두고도 접수부터 시킬거요!', '병원이란 곳이 돈독만 올라가지고! 우리가 진료비를 내지 않고 도망이라도 가겠소? 왜 접수부터 하라고 닦달이오!' 등, 응급실 행정직원은 하루가 멀다 하고 폭언에 시달린다. 앞서 설명했듯, 진료시스템에 환자를 등록해야 약물과 검사를 처방할 수 있을 뿐만 아니라 과거 의무기록을 살펴볼 수 있어 '신원파악과 환자등록'은 응급실 진료에서 매우 중요하다. 그러나 잔뜩 흥분한 환자와 보호자를 설득하기는 매우 어렵다.

어쨌든 이렇게 환자분류와 등록이 끝나면 드디어 응급의학과의사를 마주한다.

66
응급의학과의사
99

1.

"형은 응급의학과라서 몰라요. 형이야 진단하고 우리를 부르면 그만이잖아요. 그때부터는 기껏해야 수술실에 갈 때까지만 환자를 살려두는 것이 전부고요. 그렇지만 우리는 달라요. 우리는 그렇게 팔자가 좋지 않다고요. 수술도 있고 병동에도 환자가 가득 있어요. 거기에다 낮에는 외래도 있다고요. 형처럼 응급실에서 그냥 시간만 때우는 사람은 이해할 수 없을 만큼 힘들어요."

응급의학과 레지던트 시절 내내 위와 같은 푸념을 종종 마주했다. 며칠 동안 제대로 씻지 못해 뭉친 머리카락, 꼬질꼬질한 의사가운, 풀어진 넥타이와 후줄근한 셔츠, 약간 핏발 선 눈으로 찌든 담배냄새를 풍기며 그런 푸념을 늘어놓는 부류는 대부분 정형외과와 일반외과,

그리고 성형외과 레지던트였다. 인턴과 레지던트로 수련한 대학병원은 교수와 전공의 대부분이 같은 의과대학 출신으로 선후배 관계여서 레지던트끼리는 '선생님' 대신 '형'이라 부를 때가 많았다. 그래서 의과대학 졸업 후 곧장 군복무부터 완료한 나는 낮은 년차일 때도 다른 임상과 레지던트보다 선배여서 '형'으로 불릴 때가 많았다. 하지만 '형'이라 부르든, '선배' 혹은 '선생님'이라 부르든, 그들의 푸념은 매우 불쾌했다. '기껏해야 수술실에 갈 때까지만 환자를 살려두는 것이 전부', '응급실에서 그냥 시간만 때우는 사람' 같은 표현은 도발일 뿐만 아니라 심각한 모욕에 해당했다. 그래서 그때마다 한쪽 입술을 일그러뜨리는 차가운 미소와 함께 다음과 같이 대답했다.

"이거 누가 들으면 내가 너한테 외과를 하라고 강요한 것처럼 생각하겠어. 그랬었나? 내가 도시락 싸서 따라다니며 제발 그 임상과를 하라고 사정했어? 아니면 그 임상과를 선택하지 않으면 가만두지 않겠다고 협박이라도 했냐? 네가 선택했잖아. 그리고 늘 서전(surgeon, 외과의사)이라며 거들먹거렸잖아. 칼잡이가 진짜 의사네 같은 말을 뇌까릴 때는 언제고 지금 와서 징징

거려? 징징거리려면 혼자서 해. 거울을 보면서 거기 있는 머저리에게 징징거리라고!"

그런데 레지던트 시절 내내 위와 같은 푸념을 마주한 이유는 무엇일까? 응급의학과의 역할에서 그 해답을 찾을 수 있다.

2.

오늘날 많은 이들이 생각하는 것과 달리 '응급실'은 역사가 매우 짧은 개념이다. 1950년대와 1960년대에도 응급실이 존재했으나 오늘날과는 달리 그저 '외래가 끝난 후 간단한 진료를 제공하는 공간'에 불과했다. 경력이 짧고 미숙한 의사가 근무했으며 응급 상황을 다루는 전문의는 존재하지 않았다. 미국에서도 1970년대에 이르러서야 응급실이 새롭게 정의되었고, '응급의학과'라는 임상과가 본격적으로 출범했다.

한국의 상황은 한층 열악해서, 1980년대까지도 응급실은 다양한 임상과의 젊은 의사가 교대로 근무하는 공간에 불과했다. 당시에는 '병원 내 금연'이라는 규칙도 확립되지 않아 야간의 응급실은 자욱한 담배연기 아래 주먹구구식 진료가 이루어지는 장소였다.

그러다가 1980년대 후반부터 한국에도 응급의학과가 출범했으나 내가 레지던트로 수련한 2000년대 후반과 2010년대 초반까지도 병원에 따라 응급의학과의 역할과 기능이 정착하지 못한 경우가 적지 않았다. 심지어 요즘에도 '응급의학과 전문의가 꼭 필요한가? 솔직히 응급실은 인턴이 근무해도 충분하지 않나?'라는 괴랄한 생각을 지닌 의사를 종종 마주한다. 응급의학과의 역할을 나름대로 인정하는 사람도 '심정지 같은 상황에서 심폐소생술에 특화한 인력' 혹은 '기관내삽관(endotracheal intubation, 긴 플라스틱관을 입을 통해 기관까지 삽입하여 인공호흡을 할 통로를 확보하는 시술)과 인공호흡기 운용에 특화한 인력'으로 착각할 때가 적지 않다. 솔직히 그런 극히 제한적인 역할에 굳이 의사를 투입할 필요는 없다.

일반적인 인식과 달리 심폐소생술, 기관내삽관, 인공호흡기 운용 같은 일은 응급의학과의 지극히 작은 부분에 불과하다. 응급의학과의 가장 중요하고 본질적인 역할은 '진단'이다.

3.

응급실은 외래와 완전히 다른 공간이다. 그래서 헤아릴 수 없을 만큼 많은 부분이 다르나 '어떤 환자가 방문할지 예측할 수 없다'는 점이 가장 크게 도드라지는 차이다.

예를 들어, 심장내과 외래에는 심장질환을 가졌을 가능성이 큰 환자가 방문한다. 정형외과에는 당연히 근골격계 질환에 해당하는 환자가 방문할 것이며 소화기내과, 신장내과, 호흡기내과, 산부인과, 정신과, 신경외과, 신경과 등, 대부분의 임상과 외래에는 어느 정도 예측할 수 있는 범위의 환자가 방문한다.

그러나 응급실에서는 어떤 환자가 방문할지를 예측할 수 없다. 예를 들어, 119 구급대가 '의식이 없는 환자'를 이송했다면 그 원인은 뇌출혈, 뇌경색, 약물중독, 일산화탄소중독, 저나트륨혈증, 고나트륨혈증, 저혈당, 간성혼수, 실신, 간질발작, 심각한 부정맥, 다양한 종류의 쇼크, 심지어 패혈증까지 매우 다양하다. 복통의 경우도 마찬가지다. 위장염, 담낭염, 간농양, 담관염, 복부 대동맥박리, 췌장염, 신장경색, 요로결석, 장간막동맥혈전, 위장관 천공, 충수염, 내부탈장, 장폐색, 거기에 때로는 심근경색 환자도 상복부통증을 호소하기 때문에, 원인이 될 수 있는 질환은 매우 많다. 외상도 마찬가지다. 중증외상을 입은 환자가 신체의 여러 부분을 다친 경우, 수술의 우선순위를 판별하려면 진단이 정확할 뿐만 아니라 신속해야 하고, 그렇게 진단하는 동안 환자의 상태를 호전시켜야 하며, 최소한 악화하지 않도록 유지해야 한다.

이런 이유 때문에 응급실을 방문하는 다양한 환자를 기존의 전통적인 임상과에서 바로 진료하는 것은 매우 어렵다. 몇몇 의사는 '응급실은 인턴만 있어도 충분하지 않느냐?'고 말하지만 그들은 과연 그렇게 인턴에게 맡겨둔 응급실에서 얼마나 많은 '예방 가능한 사망'이 발생했는지 한 번이라도 진지하게 고민했을까?

4.

보안요원, 환자분류 간호사, 행정직원을 거쳐 마주하는 응급의학과의사는 앞에서 설명한 것처럼 '수수께끼 풀이'에 특화된 전문가다. 어떤 측면에서는 형사나 탐정과도 비슷하다. 형사와 탐정이 현장에서 수집한 단서와 목격자의 진술을 토대로 용의자를 추려내고, 다양한 과학기술의 도움을 얻어 범죄의 실체를 규명하고 범인을 체포한다면, 응급의학과의사는 이학적 검사와 병력청취를 바탕으로 의심스러운 질환의 명단을 작성한 다음, 혈액검사, X-ray, CT, MRI 같은 검사를 통해서 실제 질환을 규명하고 적절한 치료계획을 세워 환자의 생명을 구히기 때문이다.

예를 들어, 길거리에서 갑작스레 쓰러진 환자가 주변 행인의 신고 덕분에 119 구급대를 통해 응급실에 도착했다고 가정하자. 현장에서부터 호흡과 맥박이 확인되지 않아 119 구급대가 심폐소생술을 시작했으나 응급실 도착 당시에도 여전히 호흡과 맥박을 회복하지 못했다면 심폐소생술을 지속하면서 기관내삽관을 시행하는 것이 가장 우선적으로 해야 할 일이다.

하지만 무턱대고 심폐소생술을 계속하는 것만으로는 환자의 회복을 기대하기 어렵다. 심정지(cardiac arrest)가 발생한 원인에 따라 접근 방식이 다르기 때문이다. 그래서 환자의 신원을 파악하여 기저질환을 알아내고 보호자를 찾아 최근 증상을 확인하는 것이 중요하다. 그런데 환자가 홀로 길거리를 걷다가 쓰러졌고 지갑에서 신분증을 확인했으나 이전에는 우리 병원을 방문한 기록이 없어 기저질환을 알아내기 어렵다면 그때부터는 다른 방식으로 단서를 찾아야 한다. 일단 심폐소생술을 멈추지 않으면서 환자의 신체적 특징을 파악한다. 머리와 몸통에 외상—가벼워 보이는 상처, 특히 두피가 살짝 부어오른 상처도 심각한 뇌출혈을 동반할 가능성이 있으며 귓구멍에서 피가 흘러내리는 경우에는 두개골 골절과 뇌출혈을 의심해야 한다—이 있는지는 물론이고 만성질환의 특징이 있는지도 확인한다. 탄력없는 피부와 복수가 차서 볼록 나온 배는 만성 간경변을 의미한다. 볼록하게 부풀어올라 박동이 느껴지는 혹이 팔에 있다면 혈액투석을 받는 만성 신부전 환자일 가능성이 크다. 그 '혹'이 바로 혈액투석에 사용하는 동정맥루(arteriovenous fistula)이기 때문이다.

만약 심정지가 발생한 환자에게 동정맥루가 있다면 심폐소생술에 추가적인 조치가 필요하다. 신장은 간략하게 설명하면 혈액에 쌓인 노폐물을 걸러 소변으로 배출하는 장기이며, 만성 신부전은 그런 신장의 기능을 상실하여 기계가 대신해서 노폐물을 거르는 '혈액투석'이 필요한 질환이다. 그래서 만성 신부전 환자는 평균적으로 1주일에 2~4회가량 혈액투석을 시행하나 혈액투석으로 모든 문제를 해결할 수는 없다. 폐에 물이 차는 폐부종이 발생할 수도 있고, 혈액 내 칼륨 수치가 증가하는 고칼륨혈증(hyperkalemia)이 나타날 수도 있다. 특히 고칼륨혈증은 심장근육의 세포를 불안정하게 만들어 치명적인 부정맥을 초래하고, 그런 치명적인 부정맥은 심정지로 이어진다. 따라서 심정지 환자의 팔에서 동정맥루를 발견했다면 고칼륨혈증으로 인한 심정지가 일어났을 가능성을 생각해서 칼슘과 인슐린을 정맥주사로 투여한다. 칼슘은 고칼륨혈증으로 불안정해진 심장근육의 세포를 일시적으로 안정화하는 효과가 있으며 인슐린은 역시 일시적으로 혈액 내 칼륨 수치를 줄인다.

그렇다면 칼슘과 인슐린을 추가로 투여하며 심폐소생술을 시행한 결과 환자가 맥박과 호흡을 회복했고 혈액검사에서 위험할 만큼 증가한 칼륨 수치를 확인했다면 그것으로 끝일까? 신장내과에 연락해서 응급 혈액투석을 시행하면 그만일까?

아니다. 심폐소생술이 성공했고 혈액검사에서 고칼륨혈증을 확인했어도 고칼륨혈증으로 인한 심정지라고 단정할 수 없다. 다른 몇 가지 원인을 확실히 배제해야 한다. 우선 뇌출혈의 배제가 필요하다. 혈액투석을 받는 만성 신부전 환자는 전반적인 혈관 상태가 좋지 않다. 따라서 뇌동맥의 일부분이 부풀어올라 뇌동맥류(cerebral aneurysm)를 형성했다가 파열하여 발생하는 자발성 지주막하출혈(spontaneous subarachnoid hemorrhage)이 심정지의 원인일 가능성이 있다. 또, 만성 신부전 환자는 뇌경색과 심근경색 같은 질환을 동시에 지닌 경우가 많아 혈액투석을 진행할 때 헤파린(heparin, 혈액 응고를 저해하는 약물)뿐만 아니라 항혈전제를 복용할 가능성이 크다. 그래서 건강한 사람에게는 뇌출혈을 일으키지 않는 약한 충격에도 외상성 뇌출혈, 특히 외상성 경막하출혈(traumatic subdural hemorrhage)이 발생할 수 있다. 따라서 신장내과에 연락하여 혈액투석을 시행하기 전, 머리 CT를 시행해서 뇌출혈 여부를 확인한다. 두번째로 심근경색을 배제해야 한다. 앞서 말했듯, 만성 신부전 환자는 전반적인 혈관 상태가 좋지 않다. 따라서 맥박을 회복한 즉시, 심전도를 시행해서 심근경색을 의심할 변화가 있는지 감별한다. 이런 과정을 거친 후에야 신장내과에 연락하여 응급 혈액투석을 진행한다.

응급 혈액투석을 시행하고 환자가 다소 안정한 상태로 중환자실에 입원하면 응급의학과의사의 임무는 일단

락된다. 물론 그때부터는 저산소성 뇌손상(hypoxic brain injury)이 관건이다. 사람의 뇌는 매우 민감해서 산소를 5분만 원활하게 공급하지 않아도 손상이 발생한다. 그리고 안타깝게도 한번 발생한 저산소성 뇌손상은 되돌릴 수 없다. 따라서 심정지 환자가 응급실에 들어온 순간부터 위의 모든 과정을 매우 신속하게 진행해야 환자가 의식을 찾고 양호한 상태로 생존할 가능성이 커진다.

그런데 응급의학과의사 홀로 이런 과정을 진행하기는 불가능하다. 응급의학과의사가 응급실에서 위와 같은 임무를 수행하는 데에는 아주 소중한 동료가 필요하다. 바로 '응급실 간호사'다.

간호사

1.

"어떡하죠? 병동 주임간호사가 저 보고 직접 충전케이블을 사오래요."

2007년 8월 14일. 아직도 정확한 날짜를 기억한다. 대학병원에서 인턴으로 수련할 무렵이었고, 소아과에 소속된 상태였다. 인턴은 레지던트 4년 동안 수련할 임상과를 선택하기 전, 1년 동안 2~4주씩 다양한 임상과에서 근무하며 수련하는 과정이다. 소아과 수련은 4주여서 2주는 신생아실, 2주는 소아과 병동에서 근무했다. 그러니까 8월 15일, 광복절이면 2주의 신생아실 근무가 끝나고 2주의 소아과 병동 근무를 시작할 예정이었기 때문에 그날이 신생아실 근무의 마지막이었다. 그런데 점심 무렵, 다음날부터 나와 업무를 바꾸어 신생아실에서 근무할 소아과 병동 인턴이 걱정스레 말했다.

심전도기계의 충전케이블이 사라진 것이 사건의 발단이었다. 심전도기계는 충전케이블이 사라져도 당장은 작동한다. 그러나 충전한 전력이 바닥나면 그때부터는 기계를 사용할 수 없다. 그래서 의료기기를 수리하는 의공학과 작업실에 연락해서 충전케이블을 구해야 한다. 그런데 동료 인턴이 상황을 말하자 소아과 병동 주임간호사는 '인턴 선생이 잃어버린 것이 확실하니 사비로 구입하라'고 말한 것이다. 이제 갓 의과대학을 졸업한 스물다섯의 사회초년생에게는 적잖이 당혹스러운 상황이 틀림없었다. 실제로 동료 인턴은 안절부절못했다. 심전도기계용 충전케이블을 어디서 살 수 있는지, 가격이 얼마일지를 알아보느라 전전긍긍했다.

"괜찮아. 걱정하지 마. 내일까지 사용할 전력은 기계에 있지?"

동료 인턴은 금방이라도 울음을 터트릴 듯한 표정으로 고개를 끄덕였고 나는 한층 자신만만하게 말했다.

"걱정하지 말라니까. 이 곽경훈님께서 대한민국 광복 기념으로 문제를 해결해줄게."

그리고 2007년 8월 15일, 소아과 병동으로 근무지가 바뀌자 '충전케이블이 없는 심전도기계'를 가지고 소아과 병동의 간호사실을 찾았다.

"혹시 심전도기계 충전케이블 이야기는 들었습니까?"

그 물음에 간호사들은 서로 눈짓하며 킥킥거렸다. 주임간호사가 동료 인턴에게 '인턴 선생이 잃어버렸으니 사비로 구입해서 해결하라'고 말한 사실을 모두 알기 때문이다. 주임간호사가 독특한 사람인지 대학병원에 흔히 있는 '고참 간호사의 인턴 길들이기'인지 명확하지 않았으나 다들 상황을 즐기는 듯했다.

"그런데 뭔가 비합리적이지 않습니까? 우리가 잃어버렸다는 증거도 없는데 사비로 구입해서 해결하라니요. 의공학과 작업실에 이야기하면 간단히 해결할 수 있는 일이 아닙니까?"

그러나 간호사들은 여전히 킥킥거렸다. '충전케이블을 사려면 좀 힘들 거다' 하며 고소해하는 표정이었다. 그러나 안타깝게도 그 표정은 오래가지 못하리라.

"그러면 복면을 착용한 정체불명의 괴한이 간호사실에 침입하여 물품을 파손하고 사라지면 누가 보상하죠? 같은 논리로 따지면 여러분이 사비로 보상해야 하는데 정말 그렇게 합니까?"

그때부터 간호사들의 얼굴에서 웃음이 사라졌다. 그리고 드디어 주임간호사가 등장했다. 주임간호사는 수간호사 바로 아래의 직급으로, '병동의 실세'다.

"우리 인턴 선생님, 덩치도 크고 인상도 험악한데 말도 너무 거칠다. 무섭게 왜 그래?"

주임간호사의 말에 너털웃음을 터트리며 대답했다.

"부모님이 이렇게 낳아주셨으니 소중한 외모입니다. 그건 그렇고 충전케이블을 사비로 구입하라는 것이 말이나 됩니까?"

그러면서 '회심의 일격'을 날렸다.

"제가 서류를 찾아보니 심전도기계의 관리책임자가 인턴이 아닙니다. 소아과 병동 수간호사 선생님이 관리책임자입니다. 그러니 사비로 충전케이블을 구입하는 것도 수간호사 선생님이 해야 하지 않을까요? 원래 관리책임자가 그런 직책이 아닙니까? 문자 그대로 관리하지 못한 책임을 지는 자리니까 말입니다. 오늘은 광복절이라 수간호사 선생님은 출근하지 않았을 테니 내일 제가 직접 찾아뵙고 말씀드리겠습니다."

순간 간호사실에 있는 모든 간호사의 얼굴에 경악과

당혹이 떠올랐다. 주임간호사는 몽둥이로 머리를 맞은 표정이었다.

"아니, 우리 인턴 선생님, 장난을 너무 다큐로 받으시네. 에이, 정말 사비로 사란 뜻은 아니고 그냥 장난이에요."

곧 평정을 찾은 주임간호사는 손사래 치며 말했다. 확실히 '수간호사 선생님'은 마법의 단어였다.

"제가 원래부터 좀 눈치가 없어서요. 그런데 관리책임자가 인턴이 아니라 소아과 병동 수간호사라고 서류에 떡하니 규정되어 있으니 어쩌겠습니까? 제가 사비로 충전케이블을 구입하면 규정위반이니 큰일이죠. 그래서 내일 오전 일찍 수간호사 선생님을 찾아뵙고 사안을 의논하려구요. 주임간호사 선생님께서 우리한테 사비로 충전케이블을 구입하도록 지시했다는 이야기도 절대 빠뜨리지 않겠습니다. 생각해보니 수간호사 선생님 외에 교육연구부장님께도 보고해야 할 듯합니다. 인턴과 레지던트를 총괄하여 감독하는 분이 교육연구부장님이니 저희가 사비를 털어 해결할 만큼 심각한 사고를 친 것도 아셔야 하지 않겠습니까?"

씨익 웃으며 말을 계속하자 주임간호사의 얼굴에는

난처함과 당혹감이 점점 짙어졌다.

"호호호, 이번 인턴 선생님은 농담도 잘하시네. 쌤은 넌킴이죠? 역시 넌킴은 다르네요."

'넌킴(non-Kim)'은 병역의무를 마친 남자 전공의를 의미한다. 의과대학을 졸업하고 군의관 혹은 공중보건의사로 군복무부터 완료하고 전공의를 시작한 만큼 의과대학을 갓 졸업한 '킴'보다는 세상 물정을 잘 안다.

"그러지 말고 커피나 한잔해요. 충전케이블은 우리가 의공학과 작업실에 말할게요."

그렇게 '심전도의 충전케이블'에 얽힌 문제를 해결했다. '수간호사'라는 단어 하나에 모든 자질구레한 논쟁이 사라진 셈이다.

2.

의사와 간호사의 관계는 독특하고 흥미롭다. 진료를 진행하려면 반드시 협력해야 할 뿐만 아니라 같은 공간에서 오랫동안 대면하고 밀접하게 연관하여 대부분은 친밀하고 우호적이다. 그러나 묘하게 '지켜야 할 선'이 있으며 아주 사소한 일로도 관계가 뒤틀려 심각한 내전에 돌입할 수 있다.

그런 측면에서 보면 군대에서의 장교와 부사관의 관계와 매우 비슷하다. 가볍게 생각하면 장교와 부사관을 상하관계로 착각할 수 있다. 그러나 장교에게 부사관을 지휘하고 감독할 권한이 있을 뿐 윗사람으로 군림할 권력은 없는 것처럼, 의사에게는 진료과정에서 간호사를 지휘하고 감독할 권한이 있을 뿐 우두머리 노릇을 할 자격은 없다. 그래서 경험이 부족한 장교가 부사관을 함부로 대했다가 낭패를 겪는 것처럼 간호사를 함부로 대하는 의사도 곤경에 처할 때가 많다. 또, 군대에서 '짬밥'이 많은 부사관이 '풋내기 장교'를 교묘하게 길들이는 것처럼 경험이 많은 간호사가 인턴이나 1년 차 레지던트의 군기를 잡는 사례도 드물지 않다. 덧붙여 대학병원의 의사 집단이 매우 수직적인 구조를 보이듯, 일정 규모 이상 병원의 간호사 집단도 전형적인 상명하복의 구조를 지닌다.

응급실도 마찬가지여서, '응급실 소속 간호사 집단'의 정점에는 1명의 수간호사가 존재한다. 일정 규모 이상의 병원, 특히 대학병원에서 수간호사에 오르려면 오랜 경력과 탁월한 능력, 그리고 적지 않은 행운이 모두 필요하다. 대기업에 입사한 평범한 직장인이 임원에 오르는 것에 비견할 만하다. 물론 응급실의 소소한 일까지 관심을 기울여야 하고 수십 명의 간호사를 감독할 의무가 있을 뿐만 아니라 실제로 응급실을 운영하는 실무자에 해당해서 골치 아프고 힘든 일도 많다. 그래도 레지던트는 물론이고 응급의학과 교수도 경청할 수밖에 없을 만큼 막강한 권력(?)을 지녔기에 응급실에 소속된 모든 간호사는 절대 충성할 수밖에 없다.

수간호사 아래에는 서너 명의 주임간호사가 있다. 최소한 10년 이상의 경력이 있고 40대가 대부분이며 수간호사보다는 약해도 응급실에서 무시하지 못할 영향력을 가진다. 수간호사의 업무가 응급실 관리와 행정 업무에 보다 치중되어 있다면, 직접 환자를 진료하는 현장에는 주임간호사의 역할이 더 크다. 대부분 응급실에서 간호사는 8시간씩 나누어 3교대로 근무하는 반면에 수간호사는 오전 9시에 출근해서 오후 6시에 퇴근하는 것을 감안하면 더욱 그렇다.

주임간호사 아래에는 경력이 대략 4~5년에서 10년에 이르는 간호사가 있다. 응급실 환자의 다양한 기록을 작성하고 특별한 주의가 필요한 약물의 투여를 담당하며 때로는 말초정맥 확보 같은 일도 수행하는 가장 바쁜 위치에 해당한다.

　마지막으로 경력이 3~4년 이하인 간호사가 있다. 인턴과 1년 차 레지던트가 '대학병원 의사 집단'의 가장 아래에 위치하는 것처럼, 이들은 '대학병원 간호사 집단'의 가장 아래에 해당한다. 그래서 인턴과 1년 차 레지던트가 업무 자체보다도 거대한 조직의 가장 아랫부분에서 받는 스트레스에 더욱 힘들어하는 것처럼, 경력이 3~4년 이하인 신참 간호사도 사정이 비슷하다.

　일단 그들은 체온과 혈압 같은 생체징후(vital sign)의 측정, 위험도가 낮은 약물의 투여, 말초정맥 확보, 소변 카테카를 삽입한 환자의 소변량 기록을 포함하여 다양한 기본적인 간호관리를 담당한다. 그런데 이런 업무도 만만하지 않다. 예를 들어, 말초정맥 확보도 상황에 따라 지옥 같은 경험으로 변한다. 말초정맥 확보는 흔히 링거라고 알려진 수액을 비롯하여 다양한 약물을 투여하는 통로를 확보하는 시술이다. 주로 팔의 말초정맥에 바늘을 찔러 수액이 달린 줄을 연결하는 것은 대부분의 사람이 한 번쯤 경험했을 만큼 흔하고 어렵지 않은 시술이다. 그러나 비만, 고령, 만성질환이 있는 경우에는 말초정맥이 좀처럼 드러나지 않는다. 또, 아동의 경우에는 울면서 저항하는 사례가 많아 주삿바늘을 말초정맥에 정확하게 찌르기가 쉽지 않다. 그런 상황에서 긴장한 신참 간호사가 최초의 시도에서 말초정맥을 찌르지 못하면, 그러니까 말초정맥이 아니라 엉뚱한 곳을 찌르면 분위기는 급격히 악화된다. 환자는 고통에 비명을 지르고 보호자는 '혈관 하나 제대로 잡지 못해요?'라며 도끼눈을 뜰 수도 있다. (물론 모든 환자와 보호자가 그렇지는 않다. 너그러운 마음으로 이해하는 사람도 적지 않다.) 그러면 신참 간호사의 이마와 등에는 땀이 흘러내리고 긴장 때문에 손은 한층 둔해진다. 두번째, 세번째 시도에서 성공하면 '불행 중 다행'이나, 앞서 언급한 불안과 긴장 때문에 실패할 가능성도 크다. 만약 세번째 시도에서도 실패하면 네번째나 다섯번째 시도는 존재하지 않을 것이다. 대부분의 환자와 보호자는 그런 상황에서 더이상 신참 간호사가 주삿바늘로 찌르는 것을 용납하지 않기 때문이다. 그리하여 결국에는 경력이 4~5년에서 10년에 이르는 '상급자'가 대신 말초정맥을 확보하는 것으로 상황이 일단락된다. 다만 정말 마무리된 것은 아니다. 환자와 보호자가 주는 압박에서는 벗어났으나 이제 신참 간호사는 상급자의 매서운 질책을 마주해야 하기 때문이다.

여기에서 이른바 '태움'이라는 문제가 발생한다.

3.

'태움' 혹은 '태운다'라는 단어는 간호사 사회에 국한된 은어가 아니다. '태운다'는 표현은 그 직관적인 의미와 독특한 어감 때문에 다른 집단에서도 종종 사용된다. 의대생 시절에 시험을 앞두고 친구들과 대화하며 '너무 탄다', '그 교수는 학생을 태우려고 일부러 문제를 꼬아서 낸다' 같은 말을 자주 했다. 병원실습생과 인턴 시절에도 '그 레지던트는 인턴을 너무 태운다', '그 임상과는 학생을 장작처럼 태운다' 같은 뒷담화를 나누었다. 하지만 의사 집단 내부에서 도제교육 전통과 상명하복 구조에 기반하여 이루어지는 가혹행위를 태움이라 부르는 사례는 극히 드물다. 적어도 태움이라는 단어로 외부에 알려지는 사례는 거의 없다.

반면에 대학병원 혹은 일정 규모 이상 종합병원에서 주로 신참 간호사를 대상으로 이루어지는 가혹행위는 이제 '태움'이라는 아주 강력한 이름을 얻었다. 간호사 사회의 엄격한 위계질서는 가수와 개그맨 같은 직종의 엄격한 서열문화와 함께 적지 않은 사람에게 알려졌다.

또, 간호사의 높은 이직률은 오래전부터 지속되고 있는 문제이며 병원에 적응하지 못한 간호사가 극단적인 선택을 하는 사건이 가끔씩 뉴스에 나오기도 한다. 하지만 최근 몇 년 사이, 그런 사건이 개별적으로 나타났다가 잊히는 것이 아니라 거대한 사회문제로 떠오르면서 '태움'은 완전히 다른 힘을 얻었다.

따지고 보면 종합병원이라는 조직은 군대와 매우 비슷하다. 병원이 지닌 '환자의 생명을 구한다'는 목적은 군대의 '적을 효과적으로 살해한다'는 목적과 대척점에 있으나 나머지는 소름 끼칠 만큼 비슷하다. 군대와 병원 모두 아무나 원한다고 일할 수 있는 직장이 아니다. 엄격한 과정을 통해 선발된 인원만 일할 자격을 얻는다. 또, 군인이 정부로부터 물리력을 행사하여 인명을 살상할 권리를 얻는 것처럼, 의료인도 정부로부터 의료행위를 할 권리를 얻는다. 군인이 아닌 사람이 함부로 물리력을 행사하면 강력한 처벌이 기다리는 것처럼, 의료인이 아닌 사람이 행하는 의료행위도 범죄에 해당한다. 덧붙여 군인과 의료인 모두 누군가의 생명을 좌우하는 급박하고 긴장되는 상황을 마주할 때가 많다. 그러다보니 군인과 의료인 모두 혹독한 훈련을 받으며, 해당 집단은 당연히 위계질서가 강력하고 상명하복에 가까운 구조를 지닌다.

이런 이유 때문에 군대와 종합병원은 모두 가혹행위가 쉽게 발생할 수 있을 뿐만 아니라 손쉽게 은폐될 수 있는 공간이다. 또, 이러한 폭력이 가해진 사실이 드러나도 어렵지 않게 변명할 수 있다.

예를 들어, 동료와 비교하여 약간 이해가 느리고 조심성이 부족해서 사소한 실수를 반복하는 병사가 있다고 가정하자. 행진할 때는 동작을 맞추지 못하고 야간에 보초를 설 때는 꾸벅꾸벅 졸고 총을 제대로 정비하지 못할 뿐만 아니라 사격장에서 안전사항을 어길 때가 많으며 상급자가 문제를 지적하면 잔뜩 긴장해서 한층 복잡한 상황을 만든다면, 얼마 지나지 않아 나쁜 평판과 함께 '부대의 골칫덩이'로 여겨질 가능성이 크다. 또, 그런 사람 대부분은 돌발상황에 잘 대응하지 못한다. 그러니 상급자뿐만 아니라 동료도 해당 병사와 함께 전투에 나서는 것을 끔찍한 악몽이자 상상조차 싫은 재앙으로 생각할 것이 틀림없다. 그래서 처음에는 어떻게든 잘 타이르고 훈련시켜 최소한 전장에서 동료에게 피해를 주지 않는 존재로 만들려고 노력할 테지만 곧 하나둘 짜증을 품을 것이다. 짜증은 분노를 부르고 분노는 증오를 낳는 법이라 서서히 골칫덩이 병사를 괴롭히는 현상이 나타날 것이다. 그때쯤이면 해당 병사는 이미 어느 정도 고립되어 부당한 대우를 받고 괴롭힘을 당해도 주변에 알리기 힘들 것이며, 주변에 알리더라도 적극적으로 나서는 사람이 있을 가능성이 크다. 거기에서 조금만 상황이 악화하면 해당 병사의 사소한 실수와 심각하지 않은 잘못에도 가혹한 처분이 내려질 것이다. 그러다 해당 병사를 괴롭히는 행위 그 자체를 즐기며 어두운 희열에 빠져들 가능성이 크다. 나중에는 해당 병사가 근무하는 집단 전체가 집단 괴롭힘이 주는 짜릿한 쾌락에 중독되어 아주 효율적으로 그런 행위를 은폐할 것이며, 어쩌다가 밖으로 알려져도 '전투에 나선 군인이 실수하면 동료의 생명이 위험하고 나아가 국가를 지키는 임무를 어렵게 합니다'라는 변명으로 상황을 모면할 수도 있다.

종합병원도 마찬가지다. 의사와 간호사 같은 의료인이 저지르는 사소한 부주의와 실수도 조금만 운이 없으면 환자의 생명을 위협하는 재앙으로 연결된다.

간호사의 경우만 예를 들어 살펴보자. 근이완제(muscle relaxant)인 메토카르바몰(methocarbamol)은 염

좌, 근육긴장 같은 근골격계 질환에 수반하는 통증을 줄이고자 널리 사용하는 약물이다. 심각한 부작용은 드물고 대부분 수액에 섞어 정맥주사로 투여한다. 반면에 신경근육차단제(neuromuscular blocking agent)인 베쿠로늄브롬화물(vecuronium bromide)은 신경과 근육의 연결을 차단하는 약물로, 투여하면 호흡근육을 포함한 많은 근육이 기능을 멈춘다. 따라서 신경근육차단제를 투여하는 경우에는 꼭 인공호흡기를 연결하며, 인공호흡기를 연결하지 않은 상태에서 신경근육차단제를 투여하면 환자가 사망할 수밖에 없다. 또, 칼륨은 인체에 꼭 필요한 전해질로, 인체 내부 농도가 지나치게 낮아지면 팔과 다리에 마비가 발생하고 반대로 인체 내부 농도가 지나치게 높아지면 심장근육에 부담을 주어 심실세동으로 인한 심정지가 발생한다. 그래서 저칼륨혈증 환자에게 칼륨을 투여할 때에는 꼭 많은 양의 수액에 섞어 천천히 투여한다. 만약 고농도의 칼륨을 한 번에 정맥주사로 투여하면 심정지가 발생할 수밖에 없다. 따라서 간호사가 의사의 처방에 따라 약물을 투여하면서 근이완제와 신경근육차단제를 착각하거나 많은 양의 수액에 섞어 투여하는 칼륨을 그냥 한 번에 정맥주사로 투여하면 환자가 생명을 잃는 끔찍한 재앙이 발생한다.

신경근육차단제와 칼륨 외에도 그런 약물은 엄청나게 많다. 당뇨병 환자에게 투여하는 인슐린만 해도 단위를 착각하면 치명적인 저혈당이 발생한다. 또, 정맥주사로 투여할 때, 투여하는 속도를 엄격히 지켜야 하는 약물이 많이 '시간당 50cc'의 속도로 투여할 약물을 '시간당 5cc' 혹은 '시간당 500cc'로 투여하는 것 역시 끔찍한 재앙을 초래한다. 이런 이유 때문에 대학을 갓 졸업한 간호사는 배치될 때부터 선임자로부터 높은 강도의 실무교육을 받는다. 간호학과를 졸업하고 국가고시에 합격했으나 그것만으로는 경찰학교를 갓 졸업한 신입 순경과 비슷한 상태이기 때문이다. 특히 응급실과 중환자실 같은 부서에서는 그런 교육의 강도가 한층 높다.

하지만 앞서 말했듯, 그런 강도 높은 교육은 자칫하면 부적응자에 대한 집단 괴롭힘으로 변질할 가능성이 크다. 또, 부적응자가 아니라 단순히 선임자의 마음에 들지 않는 신참에 대한 차별과 따돌림으로 이어질 가능성도 배제할 수 없다. 동료와 비교하여 업무능력이 뒤지지 않으며 부주의에 기인한 실수도 거의 저지르지 않음에도 '선임자에게 고분고분하지 않다', '우리 무리의 불문

율에 따르지 않는다', 심지어 '말수가 적고 표정이 어둡다'는 이유만으로 가혹한 처우에 시달리다 극단적인 선택을 하는 상황이 벌어질 가능성도 충분하다.

그래서 태움으로 대표되는 괴롭힘 문화는 반드시 개선해야 한다. 그러나 태움과 강도 높은 실무교육의 경계는 명확하지 않다. 둘은 분명히 다르지만 완벽하게 구분하는 것이 쉽지 않을 때가 많다. 그렇기에 태움을 개선하려는 시도가 실무교육을 제대로 받지 못해 부주의와 실수에 대한 경각심이 없는 간호사를 만들 위험이 있다. 물론 그런 위험을 이유로 태움 같은 악습을 용인할 수도 없어 이래저래 복잡하고 힘든 과제일 수밖에 없다.

,

2장

응급실의
임시거주자

모든 생명은 심장으로 통한다

1.

"안녕하세요, 과장님. 응급의학과 곽경훈입니다. 아무래도 안지오(ANGIO, coronary angiography, 관상동맥조영술 혹은 심혈관조영술을 줄여 부르는 은어)를 해야 할 것 같아 연락드립니다."

환자가 호소한 주증상부터 생체징후, 기저질환, 가족력, 이학적 검사(physical exam), 심전도, X-ray, 약물에 대한 반응을 차근차근 말한 후에 결론을 전할 것이냐, 아니면 일단 결론부터 통보한 후에 그런 과정을 지지하는 증거를 나열할 것이냐. 나는 조금도 망설이지 않고 후자를 선택했다.

"특별한 병력이 없는 50대 남자로 내원 30분 전부터 흉통이 발생했으며 왼쪽 어깨를 향하는 방사통과 식은

땀도 있습니다. 혈압을 비롯한 생체징후는 안정적이며 심전도에서 ST분절상승(ST elevation, 급성심근경색에서 발생하는 심전도 변화)을 확인했습니다. 모르핀(morphine, 마약성 진통제) 3mg을 정맥주사로 투여했고 아스피린 300mg과 브릴린타 180mg을 경구로 복용시켰습니다. 환자와 보호자에게 급성심근경색에 대해 설명했고 관상동맥조영술이 필요한 상황임을 고지했습니다."

전화기를 들고 래퍼처럼 빠르게, 그러면서도 또박또박 정확하게 말했다. 그러자 전화기 너머에서 '안지오팀을 불러주세요'라는 목소리가 들렸다. ('안지오팀'은 관상동맥조영술을 시행할 때 필요한 인원을 말한다.)

"감사합니다."

깍듯하게 인사하고 통화를 종료했다. 그러나 '안지오팀'을 급히 호출할 필요는 없었다. 환자의 심전도를 확인한 순간, 심장내과의사에게 연락하면서 동시에 안지오팀도 호출했기 때문이다. 물론 심장내과의사가 당장 시술하지 않겠다고 판단하면 낭패지만 그런 난처한 상황은 거의 발생하지 않는다.

우선 환자의 상황이 아주 명확했다. 물론 '저는 급성심근경색일 가능성이 매우 큽니다'라고 말하며 응급실을 방문하는 환자는 거의 없다. 대부분의 환자와 보호자는 의료인이 아니어서 증상을 명확하게 설명하지 못한다. 그뿐만 아니라 명치통증과 가슴통증은 의료인도 때때로 구분하기 힘들다. 흉골(sternum)이 위치한 가슴의 중앙부터 명치(epigastric area)까지 쓰라리고 아픈 통증은 식도염(esophagitis)과 위식도역류증(gastroesophageal reflux disease) 같은 '고통스러우나 대수롭지 않은 질환'일 수도 있으나 급성심근경색과 대동맥박리 같은 '생명을 위협하는 심각한 질환'일 가능성도 다분하다. 실제로 그 환자도 응급실 입구에서 잔뜩 찌푸린 표정으로 '속이 답답하고 쓰라리니 제산제를 달라'고 주장했다. '저녁에 밀가루 음식을 잔뜩 먹었더니 급체한 것 같다'와 '번거롭게 하지 말고 제산제와 진통제만 투여하라'가 환자의 강력한 요구였다. 그러나 그런 말을 하는 동안에도 환자는 가쁜 숨을 내쉬었고 식은땀을 뻘뻘 흘렸다.

"혹시 조금 전부터 왼쪽 어깨도 아프지 않습니까?"

환자는 '그러고 보니 아까부터 어깨도 아프네'라는 표정으로 고개를 끄덕였다. 명치통증 혹은 흉통, 식은땀, 가쁜 숨, 왼쪽 어깨의 통증까지, 모두 급성심근경색의 전형적인 증상에 해당했다. 그래서 환자에게 심근경색일 가능성을 설명했다. 물론 환자는 의료진의 지시에 순순히 따르는 부류가 아니어서 '약이나 주지 왜 귀찮게 하느냐?'는 태도를 보였다.

"그럼 심전도만 딱 한 번 시행하겠습니다. 심전도는 2~3분 만에 시행할 수 있고 아프지도 않으며 또 그리 비싸지도 않습니다. 의사가 이렇게까지 이야기하니 속는 셈치고라도 동의하는 것이 좋지 않겠습니까?"

환자는 마지못해 고개를 끄덕였다. 그리고 심전도에는 예상대로 ST분절상승, 급성심근경색을 의미하는 변화가 있었다.

이와 같이 환자는 급성심근경색의 '전형적인 사례'에 해당했다. 그러니 그토록 명확한 상황에서 심장내과 의사가 응급 관상동맥조영술을 보류하거나 반대할 가능성은 극히 희박했다.

심장내과의사라는 직종이 지닌 독특한 특징 때문에도 그랬다. 정신과를 제외하면 의학은 크게 '내과'와 '외과'로 나누어진다. 간략하게 설명하면 내과의사는 '수술을 제외한 다른 방법으로 환자를 치료하는 사람'이며 외과의사는 '수술을 이용하여 환자를 치료하는 사람'이다.

그렇다보니 둘은 문제에 다가서는 방법이 다르다. 내과 의사가 한층 조심스럽게 문제를 분석하고 점진적인 방법을 선택하는 성향이 있는 반면에 외과의사는 바로 문제의 핵심을 대담하게 공략할 때가 많다. 그런데 심장내과의사는 일단 내과의사로 분류되면서도 외과의사 같은 특징을 지닌다. 그러니 심장내과의사가 그런 상황에서 '일단 혈액검사 결과부터 확인하자'고 말할 가능성은 희박하다. 급성심근경색일 가능성이 조금이라도 있다면 즉시 응급 관상동맥조영술을 시행하여 확인하는 것이 '외과의사 같은 내과의사'인 심장내과의사의 특징이기 때문이다.

그렇다면 심장내과의사에게 그런 특징이 생긴 이유는 무엇일까?

2.

아주 오래전부터 인류는 심장이 중요한 장기라고 생각했다. 그래서 심장에 영혼이 깃든다고 믿기도 했으며 아즈텍인은 살아 있는 사람의 심장을 신에게 바쳤다. 물론 요즘에는 누구도 심장에 영혼이 깃든다고 믿지 않는다. '영혼'의 존재 자체를 회의적으로 생각하며 기껏해야 '뇌가 만들어내는 생리화학적 작용'이라 생각하는 사람도 적지 않다. 또, 이제는 어떤 종교도 신에게 심장을 바치지 않는다. 다만 다들 여전히 심장을 아주 중요한 장기로 인식한다. 의학이 발전하면서 심장의 중요성은 오히려 강화되어 여전히 죽음의 기준은 '심장의 정지'다. (최근에는 '뇌의 정지'를 죽음의 기준으로 삼으려는 시도가 제법 있으나 아직은 심장의 정지를 기준으로 하는 쪽이 우세하다.)

어쨌든 심장은 아주 중요한 장기이며 생명이 시작해서 죽음을 맞이할 때까지 쉬지 않고 박동한다. 간략하게 설명하면 심장은 인체의 구석구석까지 혈액을 공급하는 펌프이며 그 기능이 멈추면 생명도 끝난다. 혈액이 산소와 영양을 공급하고 노폐물을 회수하지 않으면 심장에 속한 세포는 물론 인체의 어떤 세포도 생존할 수 없기 때문이다.

관상동맥(coronary artery)은 그런 중요한 역할을 담당하는 혈관이다. 그런데 다른 모든 혈관과 마찬가지로 관상동맥에도 문제가 생길 수 있다. 흡연과 비만 같은 생활습관, 유전적 취약점, 당뇨병과 고혈압 같은 질병을 비롯한 다양한 요인이 혈전(thrombus)을 만들어 혈관을 좁아지게 하고 때로는 완전히 막아버린다. 혈관이 좁아지면 혈액의 흐름이 줄고, 혈액의 흐름이 줄면 산소와 영양의 공급이 줄며 노폐물이 쌓인다. 그러면 세포의 기능이 감소한다. 혈관이 완전히 막히는 경우에는 산소와 영양의 공급이 차단되고, 그런 상태가 지속되면 세포가 괴사한다. 이렇게 관상동맥에 혈전이 쌓여 좁아지는 질환이 협심증(angina)이며 혈전이 관상동맥을 완전히 막아버리는 질환이 '심근경색(myocardial infarction)'이다.

대부분의 환자는 협심증 단계를 거쳐 심근경색으로 악화한다. 협심증의 단계에서는 아직 관상동맥이 완전히 막히지 않아 안정한 상태에서는 별다른 증상이 없으나 빠르게 걷기, 달리기, 계단 오르기 같은 상황에서 숨이 차는 증상과 가슴의 뻐근한 통증을 호소할 때가 많다. 그러다가 심근경색으로 악화하면 식은땀, 심한 가슴 통증, 왼쪽 어깨의 방사통이 발생하고 적절히 치료하지 않으면 사망한다. 물론 심근경색이 발생해도 모든 환자가 단시간 내에 사망하는 것은 아니다. 심장근육을 이루는 세포에 골고루 혈액을 공급하기 위해 관상동맥은 여러 개의 가지(branch)로 나뉜다. 따라서 세 개의 중요한 가지 중에 하나 정도는 완전히 막혀도 운이 좋으면 생존할 수 있다(물론 하나만 막혀도 사망할 위험이 크다). 다만 생존해도 미래는 암울하다. 막힌 혈관으로부터 혈액을 공급받던 심장근육이 괴사하여 그만큼 기능이 감소하기 때문이다. 따라서 격렬한 활동은 말할 것도 없고 일상생활에 필요한 평범한 행동도 어려워질 때가 많다. 덧붙여 심장기능이 감소하면 폐에 습기가 차는 '폐부종(pulmonary edema)'과 폐에 실제로 물이 차는 '흉수(pleural effusion)'가 발생하여 심한 호흡곤란에 시달릴 위험도 커진다.

이런 협심증과 심근경색, 이른바 '관상동맥질환'은 18세기부터 의사의 관심을 끌어 1770년대에 최초의 임상기록이 등장한다. 19세기 말에 이르면 사망자의 해부와 동물실험을 통해서 혈전이 관상동맥을 막거나 좁아지게 하는 것이 원인이라는 사실도 발견한다. 하지만 '질환의 원인을 규명하는 것'과 '효과적인 치료법을 찾는 것' 사이에는 엄청난 간극이 존재한다. 그래서 1950~1960년대, 당시 의학이 가장 발달한 미국과 영국에서도 심한 협심증 환자나 심근경색 환자에게 사용할 수 있는 치료는 대단히 제한적이었다.

일단 진단은 어렵지 않다. 식은땀, 가슴통증, 왼쪽 어깨의 방사통 같은 심근경색의 전형적인 증상은 이미 예전부터 알려져 있었고 심전도의 사용도 1950년대부터 보편화되었기 때문이다. 하지만 신속한 진단과 달리 이어지는 치료는 보잘것없다. 조용하고 주변과 격리되어 충분히 안정을 취할 수 있는 공간에 환자를 입원시킨다. 그러고는 짧으면 4주, 길면 8주 동안 침대에서만 생활하며 '절대안정'하도록 지시한다. 활동을 극도로 제한했으니 식사 역시 저열량으로 공급하고, 지방과 염분을 최대한 줄인다. 절대안정에 가까울수록 좋으니 수면시간을 최대한 늘리도록 지시한다. 통증을 줄이고 안정을 돕도록 아편 계열 진통제인 모르핀을 투여하고 니트로글리세린 같은 혈관확장제를 처방하기도 하나 사용할 수 있는 약물은 극히 제한적이다. 거칠게 말하면 인체가 알아서 회복하도록 기다리는 것일 뿐, 적극적인 치료와는 거리가 멀다. 그래서 4~8주의 절대안정을 버티지 못하고 사망하는 사례가 많았다. 운좋게 회복해도 관상동맥이 막힌 부위의 심장근육이 괴사해서 심각한 심부전(heart failure)이 후유증으로 남았다(심각한 심부전으로 인해 일상생활조차 힘들고 폐부종과 흉수가 자주 발생하여 삶의 질은 형편없는 사례가 많았다). 게다가 1~2년 내에 심근경색이 재발할 위험도 아주 컸다.

최초의 효과적인 치료법은 1970년대에 등장했다. 심근경색은 혈전이 혈관을 막아 발생하는 질환이니 해당 혈전을 제거하면 본질적인 치료가 가능하다. 물론 이런 사실은 협심증과 심근경색의 발병기전을 규명한 20세기 초반에도 알았다. 다만 관상동맥처럼 깊숙이 위치한 혈관에서 혈전을 제거할 방법을 찾지 못했을 뿐이다. 그러다가 1970년대에 스트렙토키나제(streptokinase)가 상용화되면서 상황이 달라졌다. 박테리아에서 추출한 스트렙토키나제는 혈전을 녹이는 특성이 있다. 따라서 다량의 스트렙토키나제를 정맥으로 주사하면 혈액의 흐름을 타고 관상동맥까지 도달할 것이며 관상동맥을 막은 혈전을 녹여 심근경색을 '본질적으로' 치료할 수 있으리라 판단했다. 이런 가설은 실험실뿐만 아니라 실제 진료 현장에서도 뛰어난 효과를 보였다. 스트렙토키나제에 이어 훨씬 효과 있는 혈전용해제가 등장하면서 심근경색은 이제 치료할 수 있는 질환이 되었다.

그러나 스트렙토키나제 같은 혈전용해제에는 몇 가지 단점이 있다. 우선 정맥을 통해 혈전용해제를 투여하는 것은 간접적으로 관상동맥의 혈전을 제거하는 방법이다. 직접 막힌 부위의 혈전을 '확실하게' 제거하는 것이 아니라 정맥에 투여한 혈전용해제가 혈류를 타고 해당 부위에 도달하여 혈전을 녹이도록 만드는 방법이므로 혈전이 클수록 효과가 좋지 않다. 덧붙여 혈전용해제는 관상동맥의 막힌 부분에만 작용하는 것이 아니라 인체 모든 부분에 영향을 미친다. 그러니 엉뚱한 부분에 출혈을 만들 위험이 있다. 피하조직에 발생하는 사소한 출혈이면 다행이나, 위식도정맥류와 위궤양을 악화시켜 심각한 상부위장관출혈을 초래할 가능성도 있고 심지어 뇌혈관의 약한 부분을 파괴해서 뇌출혈이 발생할 위험도 있다.

이런 문제 때문에 관상동맥의 혈전을 직접 제거하는 방법을 찾기 시작했다. '관상동맥조영술'은 그런 시도의 가장 획기적인 성과다.

간략하게 설명하면 관상동맥조영술은 다리의 대퇴동맥(femoral artery) 혹은 손목의 요골동맥(radial artery)를 통해 관상동맥까지 카테터(catheter)를 삽입하는 시술이다. 길고 가는 철사를 떠올리게 하는 카테터는 조영제와 혈전용해제를 비롯한 약품을 분무할 수 있을 뿐만 아니라 조그마한 풍선을 넣어 좁아진 혈관을 넓힐 수도 있고 혈전을 직접 제거할 수도 있으며 혈관이 다시 좁아지는 것을 방지하는 스텐트(stent)라는 작은 관을 삽입할 수도 있다. 또, 대퇴동맥이나 요골동맥을 통해 카테터를 넣어 관상동맥의 막힌 부분을 확인한 후에 혈전을 제거하고 스텐트를 삽입하는 시술은 전신마취가 필요하지 않다. 진통제만 투여한 후, 환자가 깨어 있는 상태에서도 신속하게 시행할 수 있다.

이런 관상동맥조영술은 1980년대 초반부터 보급되었고 1990년대에 보편화되었다. 그러면서 완전히 새로운 세상이 도래했다. 1950~1960년대의 심근경색이 '아무것도 하지 못하고 그저 행운을 바라는 질환'이었고 1970년대와 1980년대의 심근경색은 '치료할 수 있으나 여전히 위험한 질환'이었다면, 1990년대 이후의 심근경색은 '병원에 빨리 도착하면 큰 후유증 없이 치료할 수 있는 질환'이 되었다.

그리하여 관상동맥조영술은 일정 규모 이상의 응급실에서 반드시 갖추어야 할 기본조건이 되었다. 1년 365일 내내 24시간 동안 언제라도 관상동맥조영술을 시행할 수 있어야 비로소 '응급실다운 응급실'이라 할 수 있다. 또, 단순히 시행할 수 있을 뿐만 아니라 응급의학과의사가 '급성심근경색이 의심되어 관상동맥조영술이 필요하다'고 판단하면 20~30분 내에 시술을 시작할 수 있어야 한다.

그러다보니 심장내과의사는 자신이 당직인 날에는 팽팽한 긴장 가운데 시간을 보낸다. 병원에서 연락하면 언제든 20~30분 내에 관상동맥조영술을 시작해야 하기 때문이다. 또, '일단 혈액검사 결과부터 확인하자' 같은 태도는 심장내과의사에게 어울리지 않는다. 심근경색이 조금이라도 의심되면 맹렬하게 적진을 향해 돌진하는 기병처럼 망설이지 않고 관상동맥조영술을 시행해야 '좋은 심장내과의사'다. 외과의사의 모든 치료가 필연적으로 수술로 이어지는 것처럼, 심장내과의사의 모든 치료도 결국에는 관상동맥조영술로 이어지기 때문이다.

이런 성향 때문에 심장내과의사는 내과 소속이면서도 외과의사에 가깝다. 특히 응급실에서 마주하는 심장내과의사 대부분은 '모든 생명은 심장으로 통한다'는 농담이 어울리는 존재가 틀림없다.

칼잡이 중의 칼잡이

1.

응급실 입구에 도착했을 때부터 환자의 호흡은 얕고 빨랐다. 얼굴은 창백했고 몸에는 식은땀이 흥건했다. 환자는 단순히 '비만하다'가 아니라 '거대하다'는 표현이 어울리는 거구의 남자였다. 남성이든 여성이든, 평균을 훌쩍 넘는 거대한 체격을 지닌 경우에는 나이를 가늠하기 쉽지 않다. 그래서 적으면 30대 초반, 많으면 40대 후반으로 어림할 뿐, 나이를 알아맞히기 어려웠다. 그나마 택시에서 내린 후부터 사내를 부축하는 보호자, 아내일 가능성이 큰 여성의 나이로 미루어 40대보다는 30대일 가능성이 컸다.

환자와 보호자가 응급실 입구에 들어설 때부터 심상치 않은 느낌이 몰려와서 간호사와 함께 휠체어를 가지고 달려갔다. 보호자와 행정직원에게 환자를 등록하라고 부탁한 후, 환자를 휠체어에 태웠다. 환자의 거대한 몸에 비해 휠체어가 너무 작아 '엉덩이를 구겨넣는다'는 표현이 어울렸다. 응급실 침대까지 휠체어를 끌며 '어디가 불편합니까?'라는 질문을 던졌고, 환자는 가쁜 호흡을 참으며 힘겹게 말했다.

"30분 전부터 갑자기 가슴이 너무 아픕니다."

응급실 침대에 환자를 누이고 확인한 생체징후(분당 맥박수, 분당 호흡수, 혈압, 맥박 등의 수치)는 정상범위를 크게 벗어나지 않았다. 혈압이 150/90으로 다소 높았으나 심각한 수준은 아니었다. 키는 180cm 정도지만 체중은 120~130kg에 육박할 듯한 환자는 30대 초반의 젊은 나이에도 고혈압을 진단받았으나 '고혈압과 당뇨병 같은 질환은 약을 먹기 시작하면 평생토록 먹어야 한다'는 잘못된 속설에 영향을 받아 수년 동안 치료하지 않은 상태였다.

이런 정보를 종합하면 환자의 질환을 어렵지 않게 추정할 수 있다. '모든 생명은 심장으로 통한다'를 꼼꼼하게 읽었다면 여러분도 어렵지 않게 환자의 질환을 떠올릴 수 있을 것이다. 그렇다. 환자는 급성심근경색에 해당할 가능성이 컸다. 그래서 즉시 심전도를 시행했다.

그러나 놀랍게도 환자의 심전도에는 특별한 이상이 없었다. 맥박수가 조금 빨랐으나 심각한 정도는 아니어서 심한 통증에 대한 반응에 해당했다. 그렇다면 일단 심근경색이 아니니 안도해야 할까? 아니면 심근경색이 아님에도 심한 가슴통증이 있으니 한층 긴장해야 할까?

일단 통증 자체는 매우 주관적인 증상이다. 사람마다 참을 수 있는 통증의 정도도 다르고 또 그런 통증을 표현하는 방식도 다르다. 작은 상처, 경미한 위경련에도 엄청난 고통을 호소하는 사람도 있고 반면에 팔과 다리에 심한 골절을 입어도 얼굴만 약간 찌푸리는 사람도 있다. 따라서 심전도에 이상이 없으니 진통제를 투여하면서 X-ray와 혈액검사를 확인하며 기다릴 수도 있다. 혈액검사와 X-ray에도 특별한 이상이 없다면 식도염, 위염, 위경련 같은 질환일 수도 있고, 단지 환자가 평균보다 통증에 민감한 부류일 가능성도 있다. 실제로 적지 않은 응급의학과의사가 이와 비슷한 판단을 내린다.

그러나 그런 진단은 재앙을 부를 수 있는, 매우 위험한 판단에 해당한다. 심한 가슴통증을 호소하는 경우에는 심근경색 외에도 꼭 감별해야 할 중증 질환이 있기 때문이다.

"심전도는 정상범위에 있어, 다행히 심근경색은 아닙니다. 하지만 심근경색이 아니라고 위험하지 않은 것은 아닙니다. 그래서 흉부를 좀더 자세히 살펴보기 위해서 조영제를 사용한 흉부 CT를 시행하겠습니다."

CT는 간략하게 설명하면 수백 장의 X-ray를 찍어 인체의 3차원 구조를 보다 정확하게 살펴보는 검사다. 조영제는 CT를 촬영할 때 투여하면 한층 자세한 영상을 얻을 수 있는 약품으로, 일종의 '물감'이다. 조영제를 투여하지 않아도 골절, 결석, 뇌출혈 같은 병변은 비교적 자세하게 파악할 수 있으나 간, 신장, 비장, 위장관, 혈관 같은 장기의 문제를 확인하려면 조영제가 필요하다. 환자의 흉부에서 확인해야 할 문제도 제대로 살펴보려면 조영제가 필요했다. 그래서 환자의 통증을 줄이고자 모르핀 3mg을 투여한 후, 산소를 공급하며 CT실로 옮겼다.

CT촬영에는 그리 긴 시간이 걸리지 않았다. 초조한 마음으로 진료용 컴퓨터에서 영상을 확인한 나는 짧은 한숨을 내뱉었다. 안타깝게도 영상은 예상했던 것과 정확히 일치했다. 정확하게 진단했다는 뿌듯함 대신 씁쓸한 안타까움을 느끼며 의자에서 일어나 빠른 걸음으로 환자에게 향했다. 그리고 걱정스러운 표정의 환자와 보호자에게 좋지 않은 소식을 건넸다.

"앞서 말씀드렸듯, 심한 흉통의 원인이 심근경색은 아닙니다. 하지만 심근경색만 심한 흉통을 일으키지는 않습니다. 다른 중증질환에도 심한 통증이 발생합니다. 특히 심장에서 뿜어내는 피가 처음 도달하는 크고 굵은 동맥인 대동맥이 찢어지는 대동맥박리의 경우에도 심한 흉통을 동반합니다. 대동맥박리의 경우 응급수술 혹은 응급시술이 필요한 사례가 많고, 치료 시기를 놓치면 사망하거나 심각한 후유증에 시달릴 가능성이 큽니다. 안타깝게도 흉부 CT에서 심각한 상행대동맥박리를 확인했습니다. 즉시 응급수술이 필요한 상황입니다."

충격에 빠진 환자와 보호자를 뒤로하고 진료용 컴퓨터 앞에 돌아온 나는 당직표에서 흉부외과 당직의사의 이름을 확인한 후, 휴대폰을 꺼내들고 통화를 시작했다.

2.

앞에서 살펴본 것처럼 심장은 인체의 구석구석까지 혈액을 공급하는 펌프다. 심장은 2개의 심실과 2개의 심방으로 구성된다. 심방(atrium)은 혈액을 심장으로 받아들이는 공간이며 심실(ventricle)은 혈액을 심장 밖으로 뿜어내는 공간이다. 인체 구석구석의 세포에 산소를 공급하고 이산화탄소를 회수한 혈액은 우심방으로 돌아온다. 그러면 우심방은 우심실로 혈액을 보내고 우심실은 폐동맥으로 혈액을 뿜어낸다. 폐동맥을 거쳐 폐에 도달한 혈액은 이산화탄소를 배출하고 산소를 흡수하는 과정을 거친 다음, 폐정맥을 통해서 좌심방에 돌아온다. 좌심방은 좌심실로 혈액을 보내고 좌심실은 산소가 풍부한 혈액을 인체 구석구석까지 뿜어낸다. (일반적으로 동맥에 있는 혈액(동맥혈)은 산소가 풍부하고 정맥에 있는 혈액(정맥혈)에는 이산화탄소가 많으나 폐동맥과 폐정맥만은 예외다. 폐동맥에는 인체에 산소를 공급하고 돌아온 혈액이 있어 이산화탄소가 많고, 반면에 폐정맥에는 폐에서 이산화탄소를 배출하고 산소를 흡수한 혈액이 있다.)

심장의 이런 구조 때문에 우심실과 비교하면 좌심실이 훨씬 강력한 펌프다. 우심실은 폐에만 혈액을 보내지만 좌심실은 인체 전체에 혈액을 공급하기 때문이다. 그래서 우심실에서 폐에 혈액을 보낼 때 사용하는 폐동맥보다 좌심실에서 인체 전체에 혈액을 보낼 때 사용하는 대동맥이 훨씬 크고 튼튼할 수밖에 없다. 실제로 대동맥은 세 개의 층으로 이루어져 튼튼할 뿐만 아니라 매우 탄력적이다. 그 덕분에 좌심실이 인체 전체에 혈액을 보낼 때 가하는 엄청난 압력을 견딜 수 있다.

대동맥은 좌심실과 연결된 부위부터 위쪽으로 진행한다. 일반적으로 2번 늑골이 위치하는 높이까지 위쪽으로 진행한 후에는 곡선을 그리며 아래쪽으로 방향을 바꾼다. 아치 모양을 연상하게 하는 이 부분을 대동맥궁(aortic arch)이라 부르는데, 여기에서 양쪽 팔과 머리에 혈액을 공급하는 주요 혈관이 분지한다. 대동맥궁을 지나면 그때부터는 아래 방향으로 몸통(trunk) 전체를 종단한다. 그러면서 복부의 다양한 장기에 혈액을 공급하는 주요 혈관이 분지하고 끝에서 양쪽 다리에 혈액을 공급하는 장골동맥(iliac artery)으로 연결된다. 그러니까 대동맥은 지팡이를 연상하게 하는 모양이며, 좌심실에서 나와 대동맥궁에 이를 때까지 위쪽으로 진행하는 부분을 상행대동맥(ascending aorta)이라 부르고 대동맥궁을 지나 아래쪽으로 진행하는 부분을 하행대동맥(descending aorta)이라 부른다. (대동맥을 상행대동맥과 하행대동맥으로 구분하는 것은 단순히 해부학적 편의를 위한 것만은 아니다. 실제로 환자를 진료할 때에도 아주 중요한 의미를 지닌다.)

그런데 좌심실이 뿜어내는 혈액의 높은 압력을 견딜 수 있도록 튼튼하고 탄력 있게 만들어진 대동맥도 완벽하지는 않다. 시간이 흐르고 노화가 진행하면 탄력이 떨어진다. 특히 흡연과 비만, 고혈압과 당뇨병 같은 요소는 대동맥이 탄력을 잃고 강도가 떨어지는 현상을 한층 촉진한다. 또, 원래부터 대동맥의 탄력이 부족한 유전적 문제—마르판 증후군(Marfan's syndrome)이 대표적이다—를 지닌 경우도 있다. 대동맥박리는 이런 원인으로 대동맥이 찢어지는 질환이며, 찢어진 대동맥이 파열하면 죽음을 맞이할 수밖에 없다.

다만 앞서 설명한 것처럼 대동맥은 세 개의 층으로 이루어진 매우 튼튼한 혈관이다. 그래서 갑자기 모든 층이 찢어져 파열하는 사례는 흔하지 않다. 대부분 처음에는 첫번째 층과 두번째 층만 찢어진다. 그러면 찢어진 층과 아직 찢어지지 않은 층 사이에 공간이 만들어지고 거기에 혈액이 고인다. 그렇게 고인 혈액은 대동맥의 정상적인 혈류를 방해하여 신체의 다양한 부분에 혈액이 원래보다 적게 공급된다. 그래서 대동맥에서 박리가 발생한 위치에 따라 신장 같은 장기의 기능이 감소할 때도 있고 팔과 다리가 괴사하기도 한다. 그뿐만 아니라 심장과 가까운 위치에서 대동맥박리가 발생하면 파열까지로 악화하지 않아도 심장의 움직임을 심각하게 방해하여 사망을 초래할 수 있다.

이런 대동맥박리는 아주 오랫동안 진단조차 힘든 질환에 해당했다. 대동맥박리에 대한 최초의 의학기록은 1760년까지 거슬러오른다. 영국 왕 조지 2세가 사망한 후, 왕실의사였던 프랭크 니콜스(Frank Nicholls)가 사인을 규명하고자 시행한 부검기록을 살펴보면 대동맥박리에 꼭 들어맞는다. 19세기 중반에 이르면 다양한 사례가 축적되어 '대동맥박리'라는 이름을 사용하기 시작한다. 그러나 모두 부검을 통해서 찾아냈을 뿐이다. 살아 있는 환자를 진단할 수 있는 방법은 사실상 없었다.

20세기 초반을 지나면서 대동맥박리를 진단하는 방법에는 발전이 있었으나 치료법에는 별다른 진전이 없었다. 앞서 살펴본 1950~1960년대의 심근경색 치료만 떠올려도 쉽게 이해할 수 있을 것이다. 그러다가 1954년 '혁신적인 발전'이 이루어졌다.

3.

어떤 방법을 사용하면 대동맥박리를 치료할 수 있을까? 진통제를 주고 절대안정을 지시하며 박리가 발생한 부분이 치명적인 위치가 아니기를, 파열로 악화하지 않기를 바라는 데에 그치지 않고 적극적으로 치료하려면 어떤 방법이 적절할까?

해답은 의외로 간단하다. 쉽게 생각하면 심장은 강력한 펌프고 대동맥은 거기에 연결된 튜브다. 아무리 튼튼한 튜브도 오랫동안 사용하면 낡기 마련이다. 그러다 약한 부분이 찢어지기 시작하면 어떻게 해야 할까? 당연히 튜브가 완전히 터지기 전에 찢어진 부분을 수리해야 한다. 찢어진 부분이 크지 않다면 실로 깁고 접착제를 바른다. 찢어진 부분이 너무 크면 아예 새로운 튜브로 교체하면 그만이다. 대동맥도 마찬가지다. 대동맥박리가 발생한 부분을 잘라내고 봉합하거나 아예 새로운 혈관으로 대체하면 문제를 본질적으로 해결할 수 있다.

하지만 그 간단한 해답을 실행에 옮기는 데에는 오랜 시간이 걸렸다. 살아 있는 사람을 마취하여 흉강(thoracic cavity, 폐와 심장 같은 장기가 자리한 가슴 내부의 공간)을 열고 대동맥을 수선하는 행위는 만만한 일이 아니기 때문이다.

다행히 1930년대의 설파제와 1940년대의 페니실린 같은 항생제의 발명, X-ray 같은 영상의학기계의 발전, 보다 안전한 마취제와 신경근육차단제(neuromuscular blocker) 같은 약물의 발명으로 1950년대에 접어들자 비로소 그동안 머릿속에서만 꿈꾸던 수술이 가능해졌다.

그리하여 1954년 7월 7일, 마이클 디베키(Michael DeBakey)가 이끄는 수술팀이 최초의 대동맥박리 수술에 성공하면서 대동맥박리는 '요행히 생존하기를 기다리는 질환'에서 '적극적으로 치료할 수 있는 질환'이 되었다.

디베키의 수술팀이 사용한 방식은 간단했다. 흉강을 열고 대동맥박리가 일어난 부분을 찾는다. 그런 다음, 체외순환기(cardiopulmonary bypass)를 연결한다. 체외순환기를 연결한 후, 박리가 발생한 대동맥 부위의 윗부분과 아랫부분을 겸자(clamp)로 집어 혈류를 차단한다. 그러고는 박리가 발생한 부분을 제거하고 봉합한다. 부위가 너무 크거나 박리가 심하면 아예 인공혈관으로 해당 부위를 대체한다. 그후에는 클램프를 열고 체외순환기를 중단하여 원래의 혈액순환을 복원한다.

디베키의 성공과 함께 '흉부외과의 황금시대'가 열렸다. 이 방식은 심근경색에도 적용되었다. 관상동맥우회술(coronary artery bypass graft)이 바로 그 수술이다. 앞에서 살펴본 것처럼, 심근경색은 혈전이 관상동맥을 막는 질환이다. 따라서 혈전이 막은 관상동맥 혹은 혈전 때문에 심하게 좁아진 관상동맥을 다른 혈관으로 교체하면 치료할 수 있다. 그래서 주로 환자의 요골동맥을 떼어내서 문제가 발생한 관상동맥 자리에 이식하는 수술이 관상동맥우회술이다.

그런데 안타깝게도 이 기술은 완벽하지 않았다. 우선 대동맥박리의 경우, 수술을 시행해도 환자가 사망하거나 심각한 후유증이 발생하는 사례가 많았다. 그래서 심장과 가까운 상행대동맥에 발생하는 박리는 사망할 위험이 커서 수술을 시행하지만, 하행대동맥에 발생할 경우에는 약물치료를 하는 쪽으로 바뀌었다. 하행대동맥박리의 경우, 수술해도 사망 가능성이 그리 감소하지 않기 때문이다.

관상동맥우회술도 비슷했다. 일단 관상동맥우회술은 신속하게 시행하기 힘든 수술이다. 심한 심근경색의 경우, 환자가 수 시간 내에 사망하는 사례도 드물지 않아 관상동맥우회술을 시행할 시간을 확보하기 어려웠다. 또, 관상동맥우회술은 회복에 긴 시간이 필요할 뿐만 아니라 후유증도 상당하다.

그런 상황에서 혈관조영술이 발전하자 흉부외과의 황금시대는 서서히 막을 내렸다. 앞에서 살펴본 것처럼, 관상동맥조영술은 심근경색을 '응급실에 빨리 도착하면 며칠 후에 걸어서 퇴원할 수 있는 질환'으로 바꾸었다. (관상동맥우회술을 시행한 환자의 입원기간과 비교하면 관상동맥조영술을 받은 환자의 입원기간은 매우 짧다. 그뿐만 아니라 흉강을 열어야 하는 관상동맥우회술과 달리 관상동맥조영술은 대퇴동맥에 카테터를 삽입할 뿐이다. 무엇보다 관상동맥조영술은 환자가 응급실에 도착한 후, 20분 내에 시작할 수 있는 시술이다.) 대동맥박리도 마찬가지다. 상행대동맥박리는 여전히 수술이 거의 유일한 치료법이나 하행대동맥박리는 다르다. 혈관조영술을 이용하여 박리가 발생한 하행대동맥에 촘촘한 그물망 같은 관을 삽입해서 치료하는 시술을 시행한다. TEVAR(thoracic endovascular aneurysm repair)라 불리는 이 시술을 하행대동맥박리의 치료에서는 이제 수술보다 훨씬 많이 사용한다.

물론 관상동맥조영술이 가능하지 않은 상황에서는 여전히 관상동맥우회술을 시행한다. 하행대동맥박리도 경우에 따라 수술을 시행한다. 하지만 과거와 비교하면 시술이 차지하는 비중이 확실히 커졌다.

4.

의료인이 아닌 사람도 '흉부외과'라는 단어를 들으면 '칼잡이의 낭만'을 떠올린다. 흉부외과의사는 '생명을 구하는 멋진 외과의사'라는 말에 가장 어울리는 존재이며 메디컬드라마에서 빠지지 않는 등장인물이다. 혈관조영술을 이용한 다양한 시술이 발전하고 의학이 보다 작은 손상을 만드는 기술을 선호하는 쪽으로 발전하면서 20세기 중후반의 황금시대는 막을 내렸으나, 그래도 흉부외과의사는 여전히 '칼잡이 중의 칼잡이'가 틀림없다.

" 영혼의 집을 고쳐라

"

1.

"속이 좋지 않다고 말한 후에 갑자기 쓰러졌다고 합니다. 기저질환은 없습니다."

환자를 이동식 침대에서 응급실 침대로 옮기며 구급대원은 빠르게 말했다.

"현장 도착 당시 자발호흡이 없었고, 맥박을 확인하지 못해 심폐소생술을 시작했습니다."

안타깝게도 환자는 여전히 자발호흡과 맥박이 없었다. 심장압박을 시행할 때마다 그 움직임에 축 늘어진 손이 움찔거릴 뿐이었다. 구급대원이 현장에서 삽입한 후두마스크(LMA, laryngeal mask airway)를 제거하고 기관내삽관을 해야 했다. 그래서 환자의 머리맡에서 한쪽 무릎을 꿇어 자세를 낮추었다. 'ㄱ' 모양의 후두경

(laryngoscope)을 환자의 입에 밀어넣어 혀를 젖히자 후두개(epiglottis)가 보였다. 후두경을 쥔 왼손을 약간 위로 돌자 후두개가 들리면서 성대(vocal cord) 사이에 구멍이 보였다. 폐로 연결되는 기관(trachea)의 입구다.

"기관내관을 주세요."

간호사기 길고 투명하며 야간 탄력 있는 플라스틱관을 건넸다. 심장압박을 계속하고 있어 성대 사이의 구멍은 조금씩 위치가 변했지만 어렵지 않게 플라스틱관을 삽입했다.

"23cm에 고정합니다."

간호사는 재갈처럼 생긴 장치를 이용하여 플라스틱관을 고정했다. 그러고는 주머니처럼 생긴 도구—암부백(ambu bag)—를 이용하여 인공호흡을 시작했다. 다행히 2분 후, 환자는 맥박을 회복했다.

"맥박이 있으니 혈압을 측정하세요. 간이인공호흡기를 연결하고 심전도를 시행하세요. 보호자는 연락됐습니까?"

말이 끝나기 무섭게 간호사와 행정직원이 움직였다. 50대 후반 여성인 환자는 시장에서 일하는 노점상으로, 아침장사를 시작하려는 무렵 '어지럽고 속이 좋지 않다'

고 호소하며 쓰러졌다고 했다. 주변의 노점상이 119에 신고했고 행정직원이 환자의 소지품에서 가족의 연락처를 찾았으나 아직 연락에 성공하지 못한 상황이었다. 일단 심전도에 빈맥이 있으나 그것만으로는 무엇이라 판단하기 어려웠다. 심근경색 외에도 갑작스러운 심정지를 일으킬 심장 문제는 많다. 따라서 심장초음파와 관상동맥조영술이 필요했다. 다만 먼저 확인할 사항이 있었다.

"간이인공호흡기를 연결한 상태로 머리CT를 시행합니다. CT실에 연락하세요. 나도 동행하겠습니다."

CT 준비에는 1~2분도 걸리지 않았다. CT실에 도착해서 환자를 CT기계에 누인 다음, 의료진은 방사선이 미치지 않는 제어실로 자리를 옮겼다. 환자가 누운 상태로 거대한 도너츠를 연상하게 하는 원형틀을 통과하자 제어실의 모니터에 영상이 떠올랐다. 영상을 통해 환자의 뇌에서 날개를 펼친 나비 모양의 병변을 확인했다. 익숙하지만 섬뜩한 병변, '자발성 지주막하출혈'이라는 단어가 떠올랐다.

"죄송하지만 조영제를 투여한 혈관 화면까지 부탁합니다."

그러자 영상의학기사는 당연하다는 표정으로 고개

를 끄덕였다. 나는 응급실 주임간호사에게 전화를 걸어 신경외과 당직의사와 영상의학과 당직의사의 이름을 확인했다.

2.

고대 이십트인은 내세를 믿었다. 그뿐만 아니라 불멸과 영생도 믿었다. 그래서 파라오와 귀족부터 가난한 평민까지 죽음 이후에 지대한 관심을 기울였다. 또, 그들은 영혼의 불멸은 물론이고 육체도 다시 살아난다고 생각하여 아주 정교한 방법으로 시신을 보존했다.

일단 사망을 확인하면 콧구멍에 끝이 날카로운 금속막대를 찔러넣었다. 비강(nasal cavity)을 이루는 뼈는 단단하지 않아 금속막대는 손쉽게 두개골 내부까지 진입한다. 그러고는 금속막대를 휘저어 뇌를 짓이겼다. 그러면 걸쭉한 액체로 변한 뇌를 콧구멍을 통해 제거할 수 있다. 그런 다음 혈액을 뽑아내고 심장과 폐, 간, 신장, 내장 같은 장기를 제거했다. 다만 금속막대로 짓이겨 폐기한 뇌와 달리 나머지 장기는 항아리에 담아 보존했다. 특히 심장의 보존에는 각별한 주의를 기울였다. 이렇게 내부 장기와 혈액처럼 부패하기 쉬운 요소를 제거한 후에는 향료와 술로 시체를 닦은 다음, 습기가 없는 공간에서 40일가량 건조했다. 마지막으로 건조한 시체를 린넨으로 꽁꽁 말고 신분에 따라 장신구로 치장한 후에 관에 넣었다.

이처럼 흔히 '미라'라고 불리는 방식으로 고대 이집트에서 망자를 보존한 덕분에 오늘날 우리는 그 시대에 주로 먹은 음식부터 유행했던 질병까지 다양한 정보를 얻을 수 있다. 그런데 재미있게도 고대 이집트인은 심장의 보존에는 각별한 주의를 기울였으나 뇌에는 무심했다. 그들은 영혼이 뇌가 아니라 심장에 깃든다고 믿었기 때문이다. 당연히 생각도 머리가 아니라 심장에서 일어난다고 판단했다.

다행히 시간이 흐르면서 영혼이 심장에 깃든다는 주장은 점차 힘을 잃었다. 많은 사람이 영혼 혹은 마음이 머리에 깃든다고 생각하기 시작했다. 르네상스 시대가 지나고 의학이 본격적으로 발전하면서 생각은 뇌에서 일어난다는 사실이 점차 밝혀졌다.

이렇게 '영혼의 집' 혹은 '생각이 일어나는 장소'인 뇌는 아주 연약한 장기다. 모양 자체는 호두를 닮았으나 아주 부드럽고 회색을 띠어서 두부와 비슷하다. 그래서 이 소중하면서 연약한 장기에는 튼튼한 보호장치가 있다.

우선 '털 없는 원숭이'로 진화한 인간에게 남아 있는 몇 안 되는 풍성한 털, 머리카락이 최전선에 위치한다. 그다음에는 질긴 두피가 있고, 그 아래에는 골막(periosteum)에 싸인 두개골이 있다. 보호장치는 여기에서 그치지 않는다. 두개골 아래에는 뇌척수막(meninges)이라는 단단한 막이 있다. 이 뇌척수막도 단일구조가 아니다. 가장 바깥쪽에 경막(dura mater), 가운데에 지주막(arachnoid mater), 가장 안쪽에 연막(pia mater), 이렇게 3개의 층이 뇌척수막을 구성한다. 가장 바깥쪽의 경막은 질기고 두꺼우며 튼튼하나 탄력이 없다. 가운데 있는 지주막은 혈관이 분포하지 않으며 연결조직(connective tissue)으로 이루어진다. 또, 지주막과 연막 사이에는 뇌척수액(CSF, cerebrospinal fluid)이라는 액체가 가득한 공간이 존재하여 외부의 충격을 어느 정도 흡수한다. 가장 안쪽에 있는 연막은 뇌의 표면에 붙어 있으며 많은 혈관이 분포한다. 재미있게도 뇌척수막은 문자 그대로 뇌뿐만 아니라 척수도 감싼다. (뇌와 척수는 연결된 하나의 장기에 가깝기 때문에 어떤 측면에서는 당연한 일이라고도 할 수 있다.)

그러나 이런 튼튼한 보호막도 모든 충격을 막기는 어렵다. 그래서 심한 충격이 발생하면 두개골 골절뿐만 아니라 외상성 뇌출혈도 발생한다. 뇌척수막의 가장 바깥쪽에 위치한 경막을 기준으로 그 바깥(정확히 말하면 두개골과 경막 사이)에 출혈이 발생하면 경막외출혈(epidural hemorrhage), 경막과 뇌 사이에 출혈이 발생하면 경막하출혈(subdural hemorrhage), 지주막과 연막 사이에 있는—뇌척수액이 가득한—공간에서 출혈이 발생하면 지주막하출혈(subarachnoid hemorrhage)이다. 또, 아예 뇌조직 자체에서 출혈이 발생하면 뇌내출혈(intracerebral hemorrhage)이다.

그런데 외상이 뇌출혈의 유일한 원인은 아니다. 외상이 없어도 뇌출혈이 발생할 수 있으며, 그중에서도 지주막하출혈과 뇌내출혈은 질병으로 인해 발생하는 사례가 많다. 이런 '비외상성 뇌출혈' 혹은 '자발성 뇌출혈'의 원인은 선천적인 혈관기형과 뇌동맥류다. 특히 뇌동맥류는 지주막하출혈의 대표적인 원인이다.

뇌동맥류는 간략하게 설명하면 뇌에 혈액을 공급하는 동맥의 약한 부분이 부풀어 만들어진 작은 혹이다. 크기가 작으면 별다른 증상이 없다. 또, 비교적 크기가 커도 대부분은 뚜렷한 증상이 없다. 다만 그렇게 부풀어오른 혹이 파열하면 심각한 문제가 발생한다. 갑자기 한 번도 경험하지 못한 격렬한 두통과 구토가 발생한다. 출혈이 발생한 위치에 따라 편마비(hemiplegia, 몸의 오른쪽 혹은 왼쪽이 마비되는 증상)가 발생하며 적지 않은 사례에서 심각한 의식저하가 나타나고 사망하는 사례도 많다.

지주막하출혈이 이렇게 무시무시한 증상을 일으키는 원인은 간단하다. 뇌가 일종의 '닫힌 공간'에 존재하기 때문이다. 앞서 설명한 것처럼 뇌는 두피, 두개골, 뇌척수막에 싸여 실질적으로 밀봉된 상태다. 그러니 내부에서 출혈이 발생하면 압력이 높아져 뇌를 누른다. 출혈자체도 뇌에 손상을 일으키지만, 이런 압력으로 인한 손상은 한층 심각해서 아주 심한 두통, 구토, 편마비, 의식저하가 발생한다. 출혈이 만든 압력이 극단적으로 커지면 뇌가 척수(spinal cord) 쪽으로 밀려 내려간다. 그렇게되면 호흡, 혈압, 체온을 유지하는 기본적인 기능까지 망가져서 환자는 사망할 수밖에 없다.

이런 지주막하출혈과 뇌동맥류의 존재는 중세부터 알려졌다. 르네상스를 지나 17~18세기에 이르면 지주막하출혈과 뇌동맥류의 연관성뿐만 아니라 죽음에 이르는 이유도 대략적으로 밝혀진다. 하지만 모두 사망한 환자를 부검해서 얻은 결과일 뿐이다. 증상을 기반으로 지주막하출혈을 추측할 수 있을 뿐, 환자가 살아 있는 상태에서는 진단을 확정할 수 없었고 치료는 꿈도 꾸지 못했다.

그나마 19세기에 접어들어 몇몇 의사가 '적극적인 치료'를 시험했다.

3.

어떤 종류든, 출혈을 해결하는 가장 기본적인 방법은 '직접 압박'이다. 붕대 같은 도구로 출혈이 발생한 상처를 직접 압박하는 것은 인류가 아주 오래전부터 직관적으로 사용한 지혈법이다. 그러나 상처가 너무 깊어 도구가 닿지 않거나 세게 압박하면 오히려 조직에 큰 손상이 발생하는 경우에는 이런 직접 압박을 사용할 수 없다.

존 헌터(John Hunter)는 그런 곤란한 상황에서 동맥을 묶어 지혈하는 방법을 체계적으로 사용한 인물이다. 물론 헌터가 치료한 질병이 지주막하출혈은 아니다. 헌터는 '오금동맥류 파열로 인한 출혈(bleeding due to popliteal aneurysm rupture)'을 치료했다. 뇌동맥뿐만 아니라 인체의 모든 동맥에는 동맥류가 생길 수 있다. 오금동맥류는 무릎 부위에 혈액을 공급하는 동맥에 발생하며, 파열하면 생명을 위협하는 대량 출혈이 발생한다. 헌터는 오금동맥에 혈액을 공급하는 대퇴동맥을 묶어 오금동맥류 파열을 지혈했다.

같은 방법을 지주막하출혈이나 뇌내출혈이 확실한 환자에게 사용하려는 시도가 19세기부터 도드라졌다. 그렇다면 지주막하출혈 혹은 뇌내출혈을 막으려면 무슨 동맥을 묶어야 할까?

여러분의 목에 손을 대면 양쪽에서 박동을 느낄 수 있을 것이다. 그 부분이 바로 머리에 혈액을 공급하는 경동맥(carotid artery)이다. 목의 총경동맥(common carotid artery)은 머리 근처에서 내경동맥(internal carotid artery)과 외경동맥(external carotid artery)으로 나뉘어 뇌를 포함한 머리 전체에 혈액을 공급한다. 따라서 지주막하출혈이나 뇌내출혈이 강력히 의심되는 환자가 왼쪽 편마비를 보이면 오른쪽 총경동맥을 묶고 오른쪽 편마비를 보이면 왼쪽 총경동맥을 묶는 방식으로 치료했다.

그러나 이런 치료의 결과는 그리 좋지 않았다. 인체에는 오른쪽과 왼쪽, 이렇게 두 개의 총경동맥이 존재하

므로 하나를 묶어도 생존할 수 있다. 그러나 총경동맥을 묶으면 혈액을 공급받는 부위에 손상이 발생한다. 따라서 목숨을 건져도 편마비와 언어장애 같은 후유증이 남기 마련이며 조금만 운이 없어도 총경동맥을 묶으면서 발생한 뇌경색으로 사망할 수 있다.

그래서 20세기 초반까지 절대안정과 진통제 외에 별다른 치료법이 없었다. 총경동맥을 묶는 방법을 때때로 사용했으나 앞서 언급한 것처럼 결과가 좋지 않았다.

그래도 진단법은 꽤 발전했다. 이전에는 증상으로 미루어 추측할 수밖에 없었고 환자가 사망한 후 부검을 통해 진단을 확정했으나, 기술의 발달로 환자가 사망하지 않아도 확진할 수 있게 되었다. 방법은 꽤 간단하다. 앞서 설명한 것처럼, 뇌와 척수는 연결되어 있기에 어떤 측면에서는 하나의 장기라고도 할 수 있다. 그래서 뇌척수막은 문자 그대로 뇌와 척수를 모두 감싼다. 따라서 지주막하출혈은 지주막 아래에 있는 공간에 출혈이 발생한 것이므로 척추와 척추 사이에 바늘을 찔러 뇌척수액을 뽑아 관찰하면 지주막하출혈을 진단할 수 있다. 뇌척수액에 혈액이 있으면 지주막하출혈이 거의 확실하다. (뇌척수액을 채취할 때는 주로 요추—허리에 있는 척추—와

요추 사이에 바늘을 찌른다. 요추천자(lumbar puncture)라 부르는 이 방법은 오늘날에도 여전히 사용되지만 지주막하출혈이 아니라 뇌막염이나 뇌염을 진단할 때 사용한다.)

덧붙여 보다 명확하게 위치를 확인하는 방법도 개발되었다. X-ray가 등장하면서, 절개하지 않고도 인체 내부를 확인할 수 있는 길이 열렸다. 물론 X-ray만으로는 혈관을 확인하기 어렵다. 그래서 X-ray가 통과하지 못하면서 인체에는 크게 해롭지 않은 액체―조영제(contrast)라 부른다―를 내경동맥에 직접 주입한 후 X-ray를 찍는 방식으로 대부분의 뇌출혈을 진단할 수 있다.

이렇게 진단하는 방법이 발전하자 치료법에도 변화가 도래했다. 지주막하출혈을 확진할 수 있을 뿐만 아니라 위치까지 확인할 수 있으니 두개골을 열고 파열한 동맥류를 찾아 직접 지혈하는 방법을 모색하는 의사가 나타났다.

4.

1897년 에든버러 외곽에서 태어난 노만 도트(Norman Dott)는 출신부터 흥미로운 인물이다. 그의 조상은 프랑스에 살았으나 가톨릭이 아닌 개신교도, 이른바 위그노(Huguenots)에 해당해서 박해를 피해 스코틀랜드로 이주했다. 부유한 미술상을 아버지로 둔 덕분에 유복한 어린 시절을 보냈고, 처음에는 공대에 진학했으나 오토바이 사고로 중상을 입어 오랫동안 병원에 머무르면서 의학에 흥미를 느꼈다. 그래서 당시 '최고의 의과대학'으로 명성을 누린 에든버러대학 의학부에 재차 입학했다. 애초에 공학자를 지망했던 만큼 도트는 외과, 그중에도 이제 막 시작된 신경외과에 끌렸다. 그래서 의과대학을 졸업하고 록펠러 재단의 장학금을 받으며 다양한 경험을 쌓은 후, 에든버러대학에 돌아와 본격적으로 신경외과 수술을 시작했다.

당연히 지주막하출혈의 수술적 치료가 도트의 주된 관심사였다. 공학자답게 X-ray와 조영제를 사용하는 새로운 진단법을 신속하게 받아들였고 고장난 기계를 수리하는 것처럼 두개골을 열고 파열한 대동맥류를 직접 지혈하는 방법을 과감하게 시도했다. 1931년, 그는 지주막하출혈이 발생한 환자의 두개골을 열고 파열한 동맥류를 환자의 근육조직을 사용하여 직접 지혈했다. 그러니까 '개두술(craniectomy, 두개골을 열고 시행하는 수술)

을 이용하여 지주막하출혈을 치료한 최초의 의사'가 된 것이다.

이때부터 새로운 시대가 열렸다. 환자의 근육조직을 이용하여 파열한 동맥류를 지혈하는 방법은 시간이 흐르면서 금속 클립을 사용하여 지혈하는 것으로 바뀌었으나 두개골을 열고 파열한 동맥류를 직접 지혈한다는 점은 동일했다. 그러면서 이전에는 절대안정과 진통제에 의지하여 요행히 회복하기를 바라는 것이 전부였던 지주막하출혈과 뇌내출혈이 '빨리 발견하면 충분히 회복할 수 있는 질환'이 되었다.

하지만 '칼잡이 중의 칼잡이'에서 살펴본 것처럼 '외과의사의 황금시대'가 영원할 수는 없었다. CT와 혈관조영술의 발달이 끝낸 것은 흉부외과의 황금시대만이 아니다.

조영제를 사용한 CT는 내경동맥에 직접 조영제를 주사하고 찍는 X-ray보다 지주막하출혈과 뇌내출혈, 뇌동맥류를 한층 정확하고 신속하며 안전하게 진단한다. 또, 혈관조영술을 이용하여 심근경색 환자의 막힌 관상동맥을 뚫고 하행대동맥박리가 파열에 이르기 전에 촘촘한 그물망을 삽입하는 방법을 지주막하출혈 치료에도 적용하려는 시도가 나타났다. 개두술을 시행하여 파열한 뇌동맥류를 클립으로 지혈하는 것은 시간이 오래 걸리고 위험하며 후유증도 많고 환자의 회복에 필요한 기간도 길다. 반면에 뇌혈관조영술을 이용하여 파열한 뇌동맥류를 지혈하면 준비하는 시간과 시술하는 시간, 환자가 회복하는 기간 모두 상대적으로 짧고 후유증도 적다. 물론 모든 지주막하출혈에 뇌혈관조영술을 시행할 수는 없다. 지주막하출혈의 위치와 심각도에 따라 개두술이 필요한 경우도 있다. 뇌혈관조영술이 실패하는 경우에도 개두술이 필요하다.

그래도 지난 20~30년을 돌아보면 신경외과의사가 지주막하출혈과 뇌동맥류를 치료하고자 개두술을 시행하는 사례는 확실히 감소했다. 오늘날에는 뇌종양이 개두술을 시행하는 주된 이유다.

그래서 일반적으로 뇌혈관조영술은 영상의학과에서 시행하지만, 지주막하출혈을 진단한 그날도 신경외과의사와 영상의학과의사 모두를 호출할 수밖에 없었다.

응급실의 이방인

1.

'타인의 생명을 구하느냐', 아니면 '타인의 생명을 빼앗느냐'. 목적만 다를 뿐, 응급실에서 일어나는 일은 전쟁과 매우 비슷하다. 전쟁을 성공적으로 수행하려면 군인뿐만 아니라 다양한 사람의 협력이 필요한 것처럼, 응급실에 내원한 중환자를 제대로 치료하려면 의료진뿐만 아니라 행정직원과 보안요원 같은 다양한 직종의 지원이 필수다. 그러다보니 응급실에 전장 같은 분위기가 흐를 때가 많다. 언뜻 매우 혼란스러워 보일 수 있으나 실제로는 더없이 질서정연하고, 지루할 만큼 평온하다가도 순식간에 팽팽한 긴장이 솟아오른다. 응급실에 상주하는 의료진은 전장의 군인처럼 독특한 유머를 즐기고 은어를 사용한다. 상주하지는 않으나 응급실과 밀접한 관련이 있는 의료진, 즉 앞서 살펴본 심장내과, 흉부외과, 신경외과 같은 임상과 소속의 의료진도 전장의 군인처럼 대담하고 목표지향적이다. 또, 감정에 휘둘리지 않는 대신에 다소 차갑고 냉정하게 보일 때가 많다.

그러나 어디에나 예외가 있는 법, 응급실을 찾는 모든 의료진이 전장의 군인 같은 분위기를 내뿜는 것은 아니다. 응급실을 찾는 의료진 가운데도 아주 이질적인 부류가 존재한다. 일단 그들은 차림새부터 다르다. 응급실을 찾는 다른 의료진이 헝클어진 머리, 수술복과 수술모자 혹은 깔끔하지만 딱딱한 느낌을 주는 의사가운과 당직복 차림인 것과 달리 밝고 경쾌한 색깔의 당직복을 입은 데다 심지어 의사가운에는 스폰지밥과 헬로키티같이 앙증맞은 만화캐릭터가 그려진 스티커가 붙어 있다. 청진기도 마찬가지여서 앞서 언급한 귀여운 캐릭터나 바나나와 사과, 당근, 사탕 모양의 장식품이 달려 있다.

그런 차이는 표정과 제스처에서 더욱 도드라진다. 심장내과, 신경외과, 흉부외과 소속 의료진이 환자와 보호자에게 상황을 설명할 때 자신감 넘치고 권위 있는 표정과 단호한 동작을 사용하는 반면에, 그들은 항상 따뜻하고 우스꽝스러운 표정을 지으며 동작 역시 '마음씨 좋은 어릿광대'의 몸짓에 가까울 때가 많다. 또, 환자가 치료를 받지 않겠다고 하면 다른 의료진은 치료를 거부할 경우에 마주할 무시무시한 재앙을 경고하지만, 그들은 부드럽게 환자를 달래며 설득한다.

그렇다면 이렇게 이질적인 그들의 정체는 무엇일까? 그들은 다름 아닌 '소아과의사'다. 그런데 그들의 조상을 살펴보면 오늘날의 후손과는 사뭇 다른 인물을 마주하게 된다.

2.

유럽의 19세기는 정말 정신없는 시기였다. 과학이 본격적으로 발전하여 온갖 발견과 발명이 이루어졌고 산업혁명의 불꽃이 강력하게 타올라 유례없는 풍요와 함께 자본주의 질서가 뿌리내렸다. 그러나 동시에 빈부의 격차가 심해져서 대부분의 가난한 노동자는 하루에 18시간, 심지어 20시간을 일했다. 유아사망률이 여전히 높았을 뿐만 아니라 대도시를 중심으로 콜레라 같은 전염병이 주기적으로 습격했다. 희망과 절망, 행복과 불행, 낙관과 비관이 동시에 존재한 이 시기를 한 단어로 정의할 수는 없다.

정치도 비슷했다. 처음 20년은 나폴레옹전쟁에 휘말려 유럽 전체가 둘로 나뉘어 싸웠다. 반면에 보불전쟁이 끝난 1871년부터는 유례없는 평화가 이어졌다. 그리고 1820년대부터 1860년대에 이르는 시기에는 큰 전쟁이 발발하지 않은 대신 유럽 각국에서 혁명의 불길이 타올랐고 사회주의가 조금씩 세력을 모았다.

특히 1848년에는 그런 불온한 기운이 절정에 도달하여 '혁명의 해'라는 별명이 붙었다. 프랑스에서는 2월 혁명이 일어나 '7월 왕정'을 무너뜨리고 루이 나폴레옹이 권력을 잡았다. 아직 통일을 이루지 못한 독일에서도 3월에 베를린과 빈 같은 대도시에서 시위가 벌어졌고 5월에는 '프랑크푸르트 국민의회'가 출범했다. 이탈리아에서는 주세페 마치니가 이끄는 청년이탈리아당이 로마에서 교황청을 몰아내고 로마공화국의 성립을 선포했다.

하지만 이런 혁명은 모두 실패했다. 프랑스의 2월 혁명은 7월 왕정을 무너뜨리고 공화국을 출범하는 것까지는 성공했으나 대통령에 뽑힌 루이 나폴레옹—그렇다. 나폴레옹 1세의 조카다—이 쿠데타를 일으켜 공화국을 폐지하고 황제에 올랐다. 독일의 혁명은 프랑크푸르트 국민의회가 '통일 독일의 황제'로 선출한 빌헬름 4세가 당혹스럽게도 황제의 자리를 거부하고 국민의회의 권위를 인정하지 않으면서 실패했다. 이탈리아도 마찬가지여서 1849년 로마공화국은 붕괴하고 교황청이 복귀했으며 마치니는 다시 망명에 오른다.

재미있게도 훗날 소아과학의 선구자, '미국 소아과학의 아버지'라 불리는 인물도 이 혼란스러운 시기에 성장했다.

3.

아브라함 자코비(Abraham Jacobi)는 1830년 5월 6일, 프로이센—오늘날의 독일 북부—에서 태어났다. 이름에서 알 수 있듯 그는 유대인이었으며 부모는 매우 가난했다. 또, 어린 자코비는 영양실조에 시달려 그리 건강하지 않았다. 그래서 부모에게 '어차피 오래 살지 못할 것이니 쓸데없이 공부시키지 말라'고 충고하는 사람이 많았다. 실제로 아버지는 그런 충고를 받아들여 최소한의 관심만 기울이고자 했으나 어머니가 완강히 거부했다. 어머니는 자코비에게 가능한 범위에서 최고의 교육을 시키겠다고 다짐했고 실제로 실행에 옮겼다. 도박에 가까웠던 어머니의 선택은 다행히 성공하여 자코비는 어린 시절의 병약함을 극복하고 80세를 훌쩍 넘겨 장수했을 뿐만 아니라 학업에도 대단히 뛰어났다. 그리하여 본 (Bonn) 의과대학을 우수한 성적으로 졸업한 후, 1851년 의사면허시험을 치르기 위해 베를린으로 향했다. 하지만 베를린 도착과 함께 자코비는 체포되어 구금당했다.

프로이센 당국이 이제 갓 스물이 넘은 자코비를 체포하여 구금한 것은 그가 평범한 의과대학생이나 어머니의 기대에 부응하고자 학업에만 전념한 공붓벌레와는 거리가 매우 멀었기 때문이다. 자코비가 한창 의과대학에서 공부하던 1848년은 앞서 말한 것처럼 유럽 전체에서 '혁명의 불꽃'이 타오르던 시절이라 1980년대 한국이 그랬듯 대학생이 격렬한 사회운동에 참여하는 사례가 흔했다. 다만 자코비는 주변의 분위기에 따라 혁명에 참여한 평범한 대학생이 아니었다. 어린 시절부터 반항기가 넘쳐 자유를 사랑하고 왕과 귀족의 지배를 혐오한 터라 혁명에 아주 깊숙이 관여했으며 자유주의보다 한층 위험하고 급진적인 공산주의를 따랐다. 그래서 프로이센 당국은 자코비를 평범한 학생운동가가 아니라 거물 공산주의자로 간주했다. 그리하여 자코비는 유명한 '쾰른 공산주의자 재판(Cologne Communist Trial)'의

'11인 명단'에 포함되었다. 다행히 자코비는 11인 명단에서 3~6년형을 언도받은 7명과 달리 무죄를 선고받은 4명에 해당했다. 하지만 무죄 선고에도 프로이센 당국은 자코비의 석방을 차일피일 미루었다. 자코비가 감옥의 가혹한 환경을 견디지 못하고 사망하거나 심각한 질환에 길릴 때끼지 기다리는 것이 프로이센 당국의 속셈이었다.

그러나 자코비는 강인했고 감옥에서 죽음을 기다릴 만큼 무력하지 않았다. 프로이센 당국의 속셈을 간파한 자코비는 그에게 온정적인 간수의 도움을 얻어 2년 만에 감옥을 탈출했다. 재판에서 무죄를 선고받았으나 석방을 기다리지 않고 감옥을 탈출한 처지라 도망자가 된 자코비는 프로이센을 떠나 런던으로 향했다.

4.

런던의 첫인상은 자코비를 압도했을 것이다. 물론 자코비가 태어나서 자란 프로이센도 약소국은 아니었으며, 대학 시절 의학공부와 혁명을 위해서 몇 번 들른 비엔나는 오스트리아제국의 수도인데다 유럽에서 손꼽히는 문화 중심지였으나 런던은 완전히 다른 도시였기 때문이다. 단순히 '산업화된 도시'가 아니라 산업혁명 그 자체였던 런던은 맑은 날에도 태양을 보기 힘들 만큼 대기에는 공장이 뿜어내는 매연이 가득했고 템스강변의 부두에는 대영제국의 방대한 식민지에서 몰려든 거대한 상선대가 온갖 물자를 내리고 있었다. 상선대를 비롯한 온갖 선박으로 붐비는 템스강은 런던의 막대한 인구가 내뿜는 생활하수와 역시 엄청난 숫자의 공장이 버리는 산업폐수로 거무튀튀했을 것이다. 말쑥한 정장을 빼입고 보석으로 장식한 지팡이를 지닌 상류층이 호화스러운 마차를 타고 활보하는 거리 이면에는 성냥갑처럼 다닥다닥 쌓아올린 건물에 소매치기와 매춘부, 부랑아, 사기꾼이 들끓는 뒷골목이 자리했을 것이다. 그뿐만 아니라 런던을 채운 시끄러운 소음과 매캐하고 역겨운 냄새도 독일에서 온 유대인 망명객을 괴롭혔을 것이 틀림없다.

이런 이유 때문인지는 몰라도 자코비는 런던에서 그리 행복하지 않았다. 당시 런던에서 집필활동을 시작한 카를 마르크스와의 교류만 즐거웠을 뿐, 나머지 모든 부분은 자코비의 평안을 방해했다. 특히 마르크스의 가장 가까운 친구이자 후원자인 엥겔스는 자코비를 아주 싫어했다. 거기에다 영국에서 의사면허를 얻어 의술을 펼

치려던 계획이 실패하자 자코비는 다시 뉴욕으로 향했다. 자코비가 어린 시절부터 왕과 귀족의 지배를 혐오한 반골임을 감안하면 영국 역시 프로이센보다 나은 정도일 뿐, 여전히 압제자가 군림하는 곳이라 느꼈을 가능성도 있다.

그런 측면에서 폭군의 지배에 맞서는 평민이 구성한 최초의 근대적 공화국인 미국의 도시 뉴욕은 자코비의 취향에 꼭 맞는 장소였다. 그래서인지 미국에 정착한 자코비는 더이상 마르크스를 추종하는 공산주의자가 아니었다. 이제 자코비는 '정치적 혁명' 대신 '의학적 혁명'에 주력하기 시작했다.

자코비가 대서양 건너 신대륙에 처음 발을 내디딘 1850년대 후반, 미국에는 '소아과'라는 개념이 매우 생소했다. 아이는 그저 작은 어른, 그러니까 어른의 축소판 정도로 여기는 분위기가 팽배했다. 그런 상황에서 자코비는 개원의로 일을 시작하면서부터 아동의 건강과 복지에 특별한 관심을 기울였다. 남북전쟁이 끝난 후에는 아예 아동병원의 의사 겸 의과대학 교수로 일하면서 소아과라는 개념을 도입했다. 유럽의 선진 의학을 소개하는 것에 그치지 않고 독자적인 의학잡지를 발간했으며 동시에 진료에도 매진했다. 특히 자코비는 가난한 부모가 생활고를 이기지 못하고 유기한 아이와 고아에 큰 관심을 기울였다. 당시 그런 아이들은 아동병원을 겸한 보육원에서 오랫동안 살 수밖에 없었기에 자코비가 관심을 기울인 것은 당연한 일인지도 모른다. 어쨌거나 그런 아이들을 치료하고 연구하면서 자코비는 아이들을 대규모로 보육할수록 질병에 취약해져서 사망률이 상승한다는 것을 깨달았다. 그래서 자코비는 아동병원 겸 보육원의 규모를 줄이고 대신 숫자를 늘려야 한다고 주장했다. 당연히 아동병원과 보육원의 다른 구성원들은 강력하게 반발했다. 그들은 자코비가 자기네를 모욕하고 공격한다고 판단해 사임을 요구했다. 자코비가 그런 요구를 일축하고 주장을 계속하자 그들은 협박을 시작했다.

"당신이 의사에 적합하지 않다는 소문을 내겠소. 그러면 환자가 더이상 당신을 찾지 않을 테니 차라리 해고해달라며 우리에게 구걸할 것이 틀림없소."

하지만 자코비는 프로이센 감옥을 탈출한 공산주의 혁명가이자 런던에서는 마르크스와 교류하며 엥겔스와 부딪쳤던 인물이다. 그런 사람에게 병원 동료의 협박은 대수롭지 않은 장난처럼 느껴졌을 것이다.

그래서 자코비는 소아의 권익을 위해 동료들과 계속해서 부딪칠 뿐만 아니라 소아과학의 발전에도 관심을 기울인다. 당시 소아에게 빈번히 발행하던 디프테리아를 연구하여 큰 업적을 남겼으며 '우유를 먹은 영아보다 모유를 수유한 영아가 사망률이 낮고 건강하다'는 연구 결과를 널리 일린다. 그러면서 부득이 모유를 수유하지 못하는 경우에는 '시리얼, 설탕, 소금을 첨가하여 끓인 우유'를 먹이도록 하여 고아원과 보육원의 사망률을 개선한다. 또, 레녹스힐병원, 마운트시나이병원처럼 오늘날에도 유명한 대형병원에 소아병동을 개설하는 일에도 앞장섰다. 그런 와중에도 소아과학 교과서를 집필하고 엄청난 양의 논문을 발표했다.

5.

아브라함 자코비의 삶을 살펴보면 도무지 한 사람의 인생 같지 않다. 마찬가지로 그의 업적도 한 개인이 이룬 것으로 믿기 어렵다.

19세기와 20세기 초반에 '유대인', '의사', '공산주의자'는 혁명가가 갖추어야 할 '삼위일체'에 해당했다. 이를 그대로 따르기라도 한 듯 자코비는 프로이센에서 가난한 유대인의 아들로 태어나 1848년 혁명에 깊숙이 가담했다가 체포당하고 감옥에서 겨우 탈출하여 런던으로 도망칠 때까지는 전형적인 '혁명가의 삶'을 살았다. 런던에서 마르크스와 교류하며 지낼 때까지도 그랬다.

그러나 미국으로 떠나 뉴욕에 정착하면서 그의 삶은 완전히 달라졌다. 개업의를 거쳐 아동병원 의사 겸 의과대학 교수의 자리에 올라 학자로서는 미국 소아과학의 기틀을 마련하고 임상의사로서는 디프테리아와 모유수유를 연구했으며 사회개혁가 및 행정가로서는 소외당한 아이의 삶을 개선하고 대형병원에 소아과를 설치하는 것에 크게 공헌했다.

이런 파란만장하고 변화무쌍한 삶을 살면서도 강한 의지와 꺾이지 않는 배짱을 지닌 반골이라는 점만큼은 늘 그대로였다. 오늘날까지 남아 있는 그의 사진과 초상화를 살펴봐도 반항기 가득한 눈빛, 결코 꺾이지 않는 의지, 끝까지 포기하지 않는 '싸움꾼의 열정'을 생생하게 느낄 수 있다.

오늘날 응급실을 방문하는 의사 가운데 가장 이질적인 부류, 청진기와 신발에 예쁜 스티커를 붙이고 환아를 달래려고 온화한 미소를 띠며 온갖 재롱을 부리는 소아과의사의 선조가 마르크스와 교류한 '거칠고 강직한 반골'이라는 점이 신기하지 않은가?

피라미드의 맨 아래

1.

철로 아래를 지나는 지하도, '토끼굴' 혹은 '개구멍'
이라 부르는 통로는 길이가 매우 긴 반면에 높이가 무척
낮다. 고작 180cm인 나도 답답할 정도여서 180cm 후반
이면 실제로 불편할 듯했다. 그래도 성능 좋은 형광등이
빛나고 '레트로 감성'의 사진을 전시하여 예전의 '철로
밑 연결통로', 어두침침하고 말라붙은 소변의 지린내가
가득한 공간과는 사뭇 달랐다. 하지만 꺼림칙한 기분을
완전히 떨쳐버리기는 어려웠다. 요란한 발소리와 함께
괴한이 흉기를 휘두를 것만 같았고, 시뻘건 눈을 지닌 사
내가 살기 가득한 괴성을 지르며 덤비는 모습이 떠올랐
다. 물론 180cm에 90kg, 터질 듯한 허벅지와 튼튼한 몸
통, 짧고 굵은 목이 도드라지는 조깅복 차림 사내에게는

웬만해서는 아무도 덤비지 않는다. 그럼에도 철로 밑 연결통로를 걸으며 불안과 긴장을 느끼는 것은 오래전 선사시대의 선조까지 거슬러올라가는 본능 때문일 가능성이 크다. 선사시대에는 그런 통로에서 맹수와 마주쳤을 것이며 역사가 시작한 후에는 적의 매복이 빈번했을 테니까.

어쨌거나 긴 통로를 나오자 완전히 새로운 세상이 펼쳐졌다. 통로를 지나기 전에는 유리로 반짝이는 멋진 고층건물이 숲을 이루고 깔끔한 카페와 한눈에도 '방송과 관련된 직업'에 종사하는 것을 알아차릴 수 있는 무리가 거리를 채웠다면, 통로를 지나서 만나는 공간은 1980년대를 떠올리게 했다. 좁은 골목, '달방있음'이라는 종이가 붙어 있는 싸구려 여관, 가판에 곡물을 진열한 쌀가게, 값싼 시계와 라디오부터 이제는 찾는 사람이 있을까 싶은 온갖 전자제품을 파는 만물상, 냉동한 오징어와 고등어가 비린내를 풍기는 생선가게 모두 1980년대 혹은 1990년대 초반에 어울리는 모습이라 철로 밑 연결통로가 '과거로 가는 문'처럼 느껴졌다.

좁은 골목 한쪽에서는 돼지고기를 삶는 냄새가 났다. 고기뿐만 아니라 온갖 부속기관을 삶아야 만들어지는 먹음직스러운 노린내가 풍겼다. 거기에는 돼지국밥, 순대, 매운 순대, 머릿고기 같은 메뉴를 여기저기 써붙인 낡은 식당이 있었다.

미닫이문을 열자 좁은 공간에 두 명이 앉기에 적당한 작은 테이블 네 개가 있었다. 낡은 텔레비전에서는 낮 시간에 어울리는 지루하고 편협한 뉴스가 흘러나왔고 일흔을 훌쩍 넘겼을 노파가 마늘과 양파를 다듬고 있었다. 또, 노파보다 기껏해야 서너 살 정도 어릴 듯한 영감님 둘이 뿌얀 순댓국을 안주 삼아 소주를 비우고 있었다. 대화 내용은 상투적일 만큼 전형을 벗어나지 않았다. 누구의 자식이 보다 성공하여 중산층에 가까이 도달했느냐, '좋았던 과거'에 누가 여성에게 한층 인기가 있었느냐 같은 소소한 내용부터 '그때 그 사업을 했어야 했다', '그때 거기 땅을 사야 했다' 같은 만약의 연속까지, 그들의 대화는 끝없이 이어질 듯했다.

"머릿고기 만 원어치, 순대 오천 원어치 포장입니다."

짧게 말하자 노파는 고개를 끄덕이다가 툭하니 입을 열었다.

"내장도 섞어?"

내장이라. 머릿속에서 적당히 삶아 부드러운 간과 쫄깃한 콩팥의 식감이 떠올랐다.

"네. 그런데 허파는 빼주세요."

노파는 느릿느릿하지만 매우 능숙한 동작으로 미리 썰어둔 머릿고기를 스티로폼 용기에 담았다. 스티로폼 용기가 불룩해질 만큼, '정말 만 원어치가 맞을까? 혹시 잘못 들으신 것은 아닐까?'라는 생각이 떠오를 만큼 넉넉하게 담은 다음에는 오른손에 식칼을 잡고 왼손으로 찜기의 유리뚜껑을 열었다. 그러고는 모락모락 김이 나는 순대를 댕강 잘라 커다란 도마에 올려 썰기 시작했다. 순대를 모두 썰고 난 후에는 간, 콩팥, 소장 같은 부위를 썰었다.

그런 모습을 보고 있으니 갑자기 나른했다. 구름 한 점 없는 맑은 하늘에 태양이 높이 떴지만 겨울의 절정이라 매서운 바람이 몰아쳐 매우 추웠다. 그런 날씨에 차가운 공기를 가르며 5km 넘게 달려 따뜻한 식당에 왔으니 당연했다. 짧은 시간이 흐르자 식탁 위에 놓인 음식이 자연스레 눈에 들어왔다. 영감님들이 먹는 순댓국이 무척 맛있어 보였다. 새우젓을 넣어 짭짤하면서도 지방의 고소함과 감칠맛이 조화를 이루는 따뜻한 국물이 목구멍을 타고 넘어가는 것만 같았다. 또, 그들이 서로 잔을 권하며 주고받는 소주의 쌉쌀한 맛이 혀끝을 맴돌았다.

갑자기 십여 년 전의 기억이 떠올랐다.

2.

술은 크게 발효주와 증류주로 나누어진다.

발효주는 곡물이든, 과일이든, 뿌리채소든, 충분한 당을 함유한 재료에 효모를 섞어 발효시켜 만든다. 다만 사과와 포도 같은 과일에는 처음부터 효모가 사용할 수 있는 형태의 당이 충분해서 손쉽게 발효를 이끌 수 있으나 쌀, 보리, 감자, 옥수수 같은 재료는 탄수화물이 많아도 효모가 사용할 수 있는 형태가 아니어서 최소한 한 단계가 더 필요하다. 그래서 막걸리를 담글 때는 꼬두밥을 짓고, 맥주를 담글 때도 보리를 끓여 걸쭉하게 만든 다음 발효를 진행한다. 이런 발효주는 역사를 기록하기 전부터 인류가 즐긴 음료다. 다만 발효주는 알코올 함량을 높이는 것에 한계가 명확하다. 대부분은 10도 내외. 아무리 높여도 15~16도를 넘기 힘들다. 발효를 통해 알코올을 만드는 효모 역시 미생물이라 일정 농도 이상의 알코올에서는 생존할 수 없기 때문이다.

증류주는 이런 단점을 극복한 술이다. 간략하게 설명하면 발효주를 만든 다음, 그 발효주를 가열한다. 그러면 알코올(에틸 알코올)은 끓는 점이 대략 섭씨 78도, 물은 끓는점이 대략 섭씨 100도여서 초반에 만들어지는 증기에는 알코올이 풍부하다. 이 증기를 모아 냉각시키면 발효주보다 훨씬 도수가 높은 술을 얻을 수 있다. 다만 만드는 방식이 복잡한데다 대량의 발효주를 증류해야 소량의 증류주를 얻을 수 있다. 또, 증류하는 과정에서 알코올을 다량 함유한 증기가 폭발하거나 화재가 발생할 위험도 있다. 그래서 증류주는 발효주에 비해 비싸다.

그런데 어디에나 '꼼수'는 있는 법이다. 증류주의 맛과 향을 얼추 흉내내면서 가격은 발효주보다 싼 술을 만드는 방법이 존재한다. 일단 고구마와 타피오카, 사탕수수처럼 싼 가격의 재료를 대량으로 발효시킨 후에 알코올 성분을 뽑아내서 '주정'을 만든다. 그다음, 이 주정에 물과 감미료를 섞으면 '증류주와 얼추 비슷하나 엄밀히 따지면 증류주가 아닌 술'이 완성된다. 흔히 '희석식 소주'라 불리는 술이며 대형 주류회사에서 판매하는 일반적인 소주가 여기에 해당한다. 솔직히 말하면 이런 희석식 소주를 좋아하지 않는다. 어쩌면 '싫어한다'는 표현이 적절할 것이다. 위스키, 보드카, 브랜디, 그라파, 전통주 같은 증류주를 모두 좋아하면서 유독 희석식 소주를 싫어하는 이유는 명확하게 말하기 어렵다. 개인의 취향은 원래 합리적으로 설명하기 힘든 법이다. 그래서 의대생 시절과 레지던트 무렵부터 다양한 술자리에서 '저는 희석식 소주를 마시지 않습니다'는 말로 분위기에 찬물을 끼얹었다. 그러니 희석식 소주에 관한 기억 대부분은 유쾌하지 않다. 특히 맥주와 희석식 소주를 섞어 만드는 폭탄주에 대한 기억은 아주 나쁘다.

그러나 딱 하나, 레지던트 무렵 응급실 인턴들과 마신 '돼지국밥집의 폭탄주'는 예외다.

3.

앞에서 언급한 것처럼 레지던트 시절, 당직근무를 마치면 응급실 인턴들과 함께 인근 미군부대 앞 식당을 찾았다. 병원 인근에 돼지국밥에 특화한 재래시장이 있음에도 항상 미군부대 앞 식당의 미국식 아침식사를 고집했다. 그래서 응급실 인턴이나 동료 레지던트와 함께 재래시장을 찾아 돼지국밥을 먹은 기억은 손에 꼽을 정도다. 그러니까 특별한 사건이 발생한 날, 즐겁고 유쾌한 일이 아니라 근무 내내 힘들고 골치 아픈 일이 이어진 날에 재래시장을 찾아 돼지국밥을 먹으며 폭탄주를 마셨다.

오전 10시, 이제 막 활기를 띠기 시작한 재래시장을 찾은 우리의 모습은 꼬질꼬질했다. 땀에 젖은 근무복을 벗고 사복을 입었으나 우둘근하기는 마찬가지였다. 머리카락은 헝클어지거나 뭉쳤으며 피부는 지나치게 건조하거나 기름에 번들거렸다. 인턴 가운데 몇몇은 입술도 터졌으리라. 그런 몰골로 돼지국밥을 파는 식당이 모인 골목을 찾았으니 우리는 확실히 이질적인 존재였다.

그래도 고기와 함께 돼지의 다양한 부속기관을 삶는 냄새는 허기와 피곤에 지친 우리의 입맛을 자극했다. 자리에 앉기 무섭게 사람 숫자만큼 돼지국밥을 주문했다. 투박한 그릇에 삶은 돼지고기와 순대를 넉넉하게 넣은 뽀얀 국물이 담겨 나오면 아무 말도 없이 새우젓을 첨가하고 밥을 말았다. 그러고는 고개를 숙이고 고기 한 점, 순대 하나, 국물 한 방울도 남기지 않을 것처럼 게걸스럽게 먹었다. 그러면 포만감이 밀려오며 조금이나마 기분이 좋아졌다. 그때면 인턴 가운데 누군가가 다음과 같이 말했다.

"선생님, 폭탄주나 드실래요?"

짧으면 24시간, 길면 36시간 연속근무를 끝낸 터라 다음날 아침까지는 휴무였다. 그러니 폭탄주 몇 잔을 마실 여유가 있었다. 그래도 평소에는 희석식 소주라면 질색하면서 왜 그때는 순순히 폭탄주를 마셨는지, 지금 생각해도 의아하다. 물론 인턴들이 폭탄주를 마시자고 권한 이유는 어렵지 않게 추측할 수 있다. 그때만 해도 인턴에게 그런 여유가 허락되는 건 응급실뿐이었기 때문이다.

4.

의사면허를 받으려면 긴 과정이 필요하다. 6년제 의과대학을 졸업하거나 4년제 대학을 졸업하고 다시 4년제 의학전문대학원을 거쳐야 한다. 초등학교부터 따지면 짧아도 18년, 길면 20년의 교육을 받아야 의사면허를 획득할 수 있다.

그러나 한국에서 의사면허는 또다른 교육의 시작일 뿐이다. 의사면허만 있어도 개원의로 활동할 수 있으나 실제로 그런 사례는 드물다. 대부분은 전공의 수련을 거쳐 전문의 자격을 획득한 후, 본격적으로 임상의사의 삶을 시작한다. 이런 전공의 수련은 1년의 인턴과 3~4년의 레지던트 과정으로 구성된다. 응급의학과, 일반외과, 신경외과, 정형외과, 내과, 소아과, 정신과, 산부인과 같은 전문과목은 레지던트를 시작하면서 선택하며, 인턴은 2~4주씩 다양한 임상과를 순환하며 근무한다.

애초에 인턴은 단순한 '레지던트 수련의 준비과정'이 아니라 '다양한 전문과목을 경험하여 임상의사로서의 자질을 획득하는 과정'이다. 그러니 전문의 혹은 고년차 레지던트의 감독 아래 적극적으로 진료에 참여하는 것이 '이상적인 인턴 수련'이다. 하지만 이상이 현실을 이기지 못하고 뒤틀리는 일은 매우 흔하고, 인턴 수련도 그중 하나다. 그래서 결과적으로 인턴에게 주어지는 업무는 '의사에게 배정되었으나 전문의와 레지던트가 꺼리는 사소하고 단순한 일'과 '병원 내 모든 구성원이 싫어하는 잡일'이다. 전자는 비위관(nasogastric tube, 콧구멍을 통해 위에 넣는 부드럽고 탄력 있는 관) 삽입, 배뇨관 삽입, 관장 같은 일이며 후자는 온갖 종류의 서류 정리다. 물론 신경외과, 흉부외과, 일반외과처럼 인력이 부족한 임상과에서는 수술 보조와 병동에 입원한 환자의 드레싱을 담당하기도 한다.

업무 하나하나는 대수롭지 않으나 전체를 보면 강도가 상당하다. '사소한 일'과 '아무도 하고 싶어하지 않는 일'이 끝없이 이어지기 때문이다. 요즘에는 인턴과 레지던트의 근무 시간을 주당 80시간—이것도 따지고 보면 하루에 거의 12시간을 근무하는 셈이다—으로 제한하지만 과거에는 그런 제한이 아예 없었다. 그래서 레지던트뿐만 아니라 인턴도 근무하는 임상과에 따라 2주 혹은 4주 내내 병원에 머무르는 사례가 드물지 않았다. (그나마 응급실은 12시간 근무 후 12시간 휴식 혹은 24시간 근무 후 24시간 휴식으로 진행하여 잠깐이나마 외출이 가능했다.) 또, 인턴은 '대학병원의 의사 집단'이라는 거대한 피라미드의 가장 아래에 있어 거기에서 받는 심리적 압박이 상당하다. 이제 막 훈련소에 입소한 신병이 훈련 자체보다 계급사회의 가장 아래에 위치했다는 데서 오는 불안과 긴장을 힘들어하는 것처럼 대학병원의 인턴도 마찬가지다.

아마도 그랬기에 그날의 응급실 인턴도 소맥을 원했으리라.

홀로 죽음을 맞이하다

1.

오전 6시에서 오전 7시 사이의 응급실은 어수선하다. 의사의 경우에는 밤근무가 끝나는 무렵이라 은근한 피로를 느끼기 시작한다. 간호사의 경우, 대부분 3교대로 근무해서 오전 6~7시는 밤근무조와 낮근무조의 교대 시간이다. 그래서 이른아침의 응급실은 약간 정신없고 번잡하다.

레지던트 시절의 '그날'도 그랬다. 그날따라 밤새 바빠, 나와 응급실 인턴들 모두 표정은 초췌했고 어깨는 무거웠으며 종아리는 팽팽했다. 그러나 구급차가 요란한 불빛과 함께 응급실 입구에 멈추자 상황이 완전히 달라졌다. 구급차의 문이 열리고 다급하게 뛰어내린 구급대원이 이동식 침대를 밀며 응급실 내부로 달려오자 순식간에 피로가 사라졌다. 한층 명료한 의식과 함께 팽팽한 긴장과 묘한 힘이 혈관을 가득 채웠다.

"20대 여성이며 아침에 가족이 발견했습니다. 기저 질환은 없다고 하며 현장 도착 당시부터 간질발작을 확인했습니다."

119 구급대원이 기관총처럼 건넨 말의 내용은 정확했다. 구급대의 이동식 침대에는 젊은 여성이 누워 있었다. 평균 정도의 키에 약간 마른 체구였다. 제대로 감기지 않은 눈꺼풀 아래로는 눈동자가 한쪽으로 치우쳐 있었고 입에서는 거품이 흘러나왔으며 팔과 다리는 경직되어 사시나무처럼 떨렸다. 사악한 악마가 몸에 침투한 것만 같아 현실보다 공포영화에 어울릴 만큼 무시무시했다. 그 모습에 나는 거의 반사적으로 다음과 같이 말했다.

"어서 침대로 옮기고 즉시 정맥주사를 연결해 아티반 2mg을 투여하세요."

아티반(Ativan)의 성분명은 로라제팜(lorazepam)으로 안정제이며 간질발작을 멈추는 용도로도 사용한다.

"자발호흡이 있지만 의식상태가 나빠 기관내삽관을 시행하겠습니다. 인공호흡기도 준비하세요."

간호사가 환자의 팔에서 정맥을 확보하여 아티반을

투여하는 동안, 나는 환자의 머리맡에서 한쪽 무릎을 꿇고 기관내삽관을 진행했다. 아티반을 투여하자 사시나무처럼 떨리던 팔다리는 움직임이 다소 잦아들었다. 하지만 기관내삽관을 완료하고 인공호흡기를 연결한 후에도 여전히 눈동자가 한쪽으로 치우친 상태였다. 팔다리의 움직임만 잦아졌을 뿐, 아직 간질발작은 끝나지 않았다.

당혹스러웠다. 페니토인(phenytoin) 같은 한층 강력한 약물을 투여할 수밖에 없었다. 또, 간질발작의 원인이 무엇인지 도무지 종잡을 수 없었다. 기저질환이 전혀 없는 젊고 건강한 여성이 갑작스레 간질발작을 일으켰다면 자발성 뇌출혈일 가능성이 가장 크다. 하지만 자발성 뇌출혈의 전형적인 증상과 조금 달랐다. 다음으로 약물 중독을 떠올릴 수 있으나 자살 목적으로 흔히 복용하는 약물 가운데 그 정도로 심한 간질발작을 일으키는 종류는 드물다.

하지만 우두커니 있을 수는 없었다. 다행히 혈압과 맥박은 안정적이라 일단 기본적인 혈액검사와 머리 CT를 처방했다. 응급실 인턴과 간호사는 신속하게 움직였다. 그때 환자의 혈액을 뽑아 간이혈당계에 떨어뜨린 간호사가 깜짝 놀란 목소리로 외쳤다.

"혈당이 12예요!"

그 외침과 함께 의문이 풀렸다.

2.

이른아침, 경광등의 요란한 빛을 내뿜으며 응급실 입구에 멈춘 구급차는 불길하다. 단순하게 생각하면 깊은 밤에 응급실에 도착한 구급차가 훨씬 심각한 환자를 이송할 것 같지만 실제로는 이른아침의 구급차가 심각한 환자를 데려올 가능성이 크다. 깊은 밤에 구급차를 불러 응급실로 향하는 환자는 심각한 질환이 발병한 후 시간이 그리 경과하지 않은 상태일 가능성이 큰 반면, 이른아침에 구급차가 데려오는 환자는 밤새 방치된 상태일 가능성이 다분하기 때문이다. 환자가 홀로 생활하면 그런 위험이 한층 크다. 또, 가족과 함께 살아도 몇몇 질환은 알아차리기 힘들다.

저혈당(hypoglycemia)이 바로 그런 질환이다. 간략하게 설명하면 저혈당은 혈액 내 포도당 수치가 지나치게 감소하는 상황이다. 그러니까 혈당이 정상범위인 70~110을 벗어나 현저히 감소하는 상황을 저혈당이라 부른다. 물론 언뜻 생각하면 혈당이 감소해도 별다른 문제가 발생하지 않을 듯하다. '포도당이 부족하면 지방과 단백질 같은 영양소를 사용하면 되지 않나?'라고 생각할 수 있다. 실제로도 그렇다. 인체를 구성하는 세포 대부분은 포도당이 부족하면 지방이나 단백질을 사용한다. 다만 딱 한 가지, 뇌세포는 오직 포도당만 사용한다. 따라서 혈당이 지나치게 감소해 포도당이 심각하게 부족해지면 뇌세포의 기능이 저하된다. 쉽게 설명하면 '배고픈 뇌세포가 기절하기' 시작한다. 그리고 그런 상황이 지속되면 굶주린 뇌세포는 단순히 기절하는 것이 아니라 사망한다.

그래서 처음 저혈당이 발생하면 힘이 없고 식은땀이 흐른다. 다음에는 뇌세포의 기능이 본격적으로 저하하면서 평소와 달리 난폭하게 행동하거나 욕설을 퍼붓는 착란을 보인다. 그후에는 의식을 잃고, 그런 상황이 지속되면 대량의 뇌세포가 파괴되어 심각한 후유증이 남거나 사망한다.

이런 저혈당은 건강한 사람에게는 발생하지 않는다. 대부분의 저혈당은 당뇨병 환자에서 발생한다. 당뇨병은 혈당이 지나치게 증가하는 질환이라 경구약이든 인슐린 주사든 대부분의 당뇨병 치료제는 기본적으로 혈당을 낮춘다. 그런데 의사가 당뇨병 환자에게 약을 처방할 때는 '정상적으로 식사한다'고 가정한다. 의사는 점쟁이나 예언자가 아니어서 환자가 밥을 먹지 않을 것을 예상하기는 어렵다. 그래서 때때로 당뇨병 환자가 식사를 제대로 하지 않으면서 의사가 처방한 용량 그대로 약을 복용하거나 인슐린 주사를 맞으면 혈당이 지나치게 감소하는 상황, 그러니까 저혈당에 빠진다.

그렇다면 그날 아침의 환자는 왜 저혈당에 빠졌을까? 당뇨병이 있었으나 가족에게 숨긴 것일까? 안타깝게도 아니다. 구급대원이 건넨 정보는 정확했다. 환자는 젊고 건강한 여성이었다. 당뇨병이 있어 인슐린 주사를 처방받은 사람은 환자의 할머니였다. 환자는 스스로 삶을 끝낼 목적으로 할머니의 인슐린 주사를 훔쳐 자신에게 투여했다. 계산해보니 환자의 침대 옆에서 발견한 텅 빈 인슐린 주사에는 대략 1~2달 분량이 들어 있었다. 환자는 잠자리에 들면서 그 엄청난 양의 인슐린을 투여했고 저혈당에 빠진 상태로 밤을 보냈다. 그래서 다음날 아침 발견되었을 무렵에는 심각한 뇌손상이 발생해서 무시무시한 간질발작을 일으켰다.

3.

안타깝게도 환자의 뇌손상은 너무 심각했다. 인공호흡기를 연결하며 혈압, 맥박, 체온은 안정했으나 뇌사(brain death)의 가능성이 컸다. 심장은 여전히 뛰고 있었지만 뇌는 이미 기능을 완전히 상실했다. 식물인간이 단순히 대뇌의 기능만 손상된 상태라면 뇌사는 혈압, 맥박, 체온, 호흡 같은 기본적인 생명기능을 담당하는 뇌간(brainstem)까지 손상되어 인공호흡기 치료를 지속해도 짧으면 며칠, 길어도 몇 주밖에 생존할 수 없는 상태다.

그렇다면 환자는 왜 죽음을 선택했을까? 그 이유는 명확하지 않다. 부모님이 이혼한 후, 아주 어린 시절부터 할머니와 함께 살았으며 최근에는 생활고에 시달렸다는 것이 우리가 아는 전부였다. 담당형사와 검사가 '범죄의 가능성이 없다'고 판단했으니 의료진인 우리가 더이상 그런 문제에 관심을 기울일 이유가 없었다.

그런데 환자는 장기기증에 대한 서류를 남겼다. 장기기증을 결심한 것과 '극단적인 선택' 사이에 어떤 연관이 있는지는 명확하지 않다. 오래전부터 극단적인 선택을 생각하면서 장기기증을 떠올렸을 수도 있으나 장

기기증과 극단적인 선택은 그저 우연의 일치일 가능성
도 다분하다.

어쨌거나 서류를 확인한 뒤 후속 절차는 빠르게 진
행되었다. 지체할수록 기증할 수 있는 장기의 숫자가 줄
어들기 때문이다. 신경과에서는 뇌사를 판정하기 위한
검사를 시행했고 병원의 윤리위원회도 급히 소집되었
다. 장기기증을 담당하는 코디네이터도 정신없이 뛰어다
녔다. 비극적으로 삶을 마감한 환자가 남긴 바람을 들어
주기 위해, 절망으로 가득했을 죽음에 조금이라도 희망
의 빛을 더하기 위해 관련한 모든 사람이 최선을 다했다.

그런 노력 덕분에 뇌사판정과 장기이식은 성공적으
로 진행되었다. 환자가 남긴 각막과 간, 신장, 심장이 적
지 않은 사람에게 새로운 삶을 허락했다.

하지만 환자는 그렇게 홀로 죽음을 맞이했다.

"

외롭게 죽음을 맞이하다

"

1.

경광등을 요란하게 울리며 응급실 현관에 구급차가 멈췄다. 구급차 뒷문이 열리자 주황색 근무복을 입은 119 구급대원이 뛰어나와 이동식 침대를 힘차게 내렸다. 이동식 침대에는 팔다리가 축 늘어진 환자가 있었고 당혹스럽고 겁에 질린 표정의 보호자가 뒤따랐다. 이동식 침대가 응급실 내부에 도착하자 신속하게 환자를 확인했다. 동공(pupil)은 확장되어 펜라이트의 밝은 빛에도 반응이 없었다. 곁에 선 119 구급대원은 '현장 도착 당시 호흡과 맥박이 없었습니다'라고 말했다. 체온도 이미 35도 혹은 그 이하였다. 심전도 모니터에도 무정한 직선만 나타났다.

"도착 당시 사망(dead on arrival)입니다."

건조한 말투로 말하고는 환자의 전반적인 상태와 외상 흔적을 살펴보고 119 구급대원과 보호자에게 발견 당시 상황을 확인한 다음 '병사'로 시체검안서를 작성할 것인지, '기타 및 불상'으로 처리하여 경찰에 신고할 것인지 결정했다.

이런 '도착 당시 사망'은 응급의학과의사가 자주 접하는 상황이다. 한때 생명력이 넘치고 개인의 특성이 도드라졌던 육체가 이제는 차갑고 뻣뻣한 고기덩어리가 되었음을 판정하고 다시는 되돌릴 수 없음을 통보하는 것은, 익숙해지면 무덤덤할 수는 있으나 그럼에도 서글픈 감정을 완전히 떨쳐버릴 수 없는 일이다. 그러나 앞서 말했듯, 응급의학과의사에게는 일상적인 일이라 대부분은 그 감정만 남을 뿐, 자세한 내용은 기억나지 않는다.

그러나 그날의 '도착 당시 사망'은 감정뿐만 아니라 자세한 내용도 기억에 남는 사례였다. 사실 의학적으로는 특별하지 않았다. 환자는 40대 후반의 독신이었다. 그런데 그날 직장에 출근하지 않았다. 지각과 무단결근이 거의 없는 사람이라 사장이 연락했으나 전화를 받지 않았다. 늦잠을 잤겠거니 생각하고 기다렸으나 몇 시간이 흘러도 환자는 나타나지 않았다. 그제야 친한 직장동료와 사장이 환자의 집을 찾아갔고 인기척이 없어 걱정스러운 마음에 119 구급대에 신고했다. 출동한 구급대원이 강제로 현관을 열고 진입해 거실에 쓰러진 환자를 발견했다. 환자는 호흡과 맥박이 없었고, 이미 몇 시간 전에 사망한 듯 체온도 낮았다. 옷차림으로 미루어 출근 준비 가운데 쓰러진 듯했다. 경찰도 현장에 출동했으나 외부침입의 흔적이 없었고 몸싸움을 했을 가능성도 크지 않았다. 외상의 흔적도 발견되지 않았으며 약병이나 유서도 없었다. 약간 비만한 체형이었으며 '고혈압이 있었다'는 동료의 진술로 미루어 병사일 가능성이 컸다.

그런데 이런 평범한 의학적 분석에도 불구하고 10년 가까운 시간이 흐른 지금에도 그 사례를 잊지 못하는 이유는 환자의 독특한 외모와 옷차림 때문이다. 그는 트랜스젠더바에서 일했다. 출근도 하지 않고 통화도 닿지 않아 사장과 함께 그의 집을 찾아간 가장 친한 동료는 그와 같은 트랜스젠더였다. 특히 '도착 당시 사망'이라는 말을 건네자 환자의 동료는 매우 슬프게 울었다. 나중에 들은 얘기에 따르면 트랜스젠더 사이에는 '50대를 넘기기 힘들다'는 속설이 있다고 한다. 남성 호르몬을 줄이고 대량의 여성 호르몬을 외부에서 투여하는 과정이 주는 후유증인지, 혹은 소수자 중에서도 의료계에서 가장 소외되었기 때문인지, 아니면 그 둘 모두 원인인지 분명하지 않으나 그런 속설이 널리 퍼졌다고 한다. 그래서 그 환자의 동료도 한층 슬프게 울었는지 모른다. 동료가 맞이한 쓸쓸한 죽음이 자신에게도 언젠가 찾아오리라 느꼈을 가능성이 크기 때문이다.

2.

〈기묘한 이야기〉는 〈하우스 오브 카드〉와 함께 초기 넷플릭스의 흥행을 이끈 인기 드라마다. 물론 케빈 스페이시가 주연을 맡은 냉소적인 정치드라마인 〈하우스 오브 카드〉와 SF 및 공포영화의 장르를 빌린 성장드라마인 〈기묘한 이야기〉는 완전히 다르다. 그래서 〈기묘한 이야기〉가 보다 시청자의 폭이 넓은데, 〈하우스 오브 카드〉의 냉소적이고 잔인한 얘기에 눈살 찌푸리는 사람도 〈기묘한 이야기〉에 등장하는 귀엽고 착한 아이들의 성장기는 좋아하기 때문이다.

그런데 〈기묘한 이야기〉의 주인공에 해당하는 '과학반 4인방'은 좋게 말하면 '공붓벌레 괴짜'이며 실제로는 '왕따'에 가깝다. 미식축구부원을 비롯한 '알파' 혹은

'일진'은 단순한 재미를 목적으로 4인방을 괴롭힌다. 그런데 온갖 조롱과 모욕에도 4인방은 그저 참을 뿐, 누구도 효과적으로 저항하지 못한다. 또, 그들만큼이나 괴짜 같은 과학교사만 4인방을 좋아할 뿐 다른 누구도 그들을 달가워하지 않는다. 그래서 4인방은 자기네끼리 과학 얘기를 하거나 용과 기사, 마법이 난무하는 롤플레잉 보드게임을 즐긴다. 이 괴짜 혹은 왕따 4인방은 〈기묘한 이야기〉에서 가장 매력적이지만, 현실에서 '왕따의 삶'은 조금도 즐겁지 않고 전혀 매력적이지도 않다.

나도 초등학생과 중학생 시절에는 과학반 4인방과 크게 다르지 않았다. 특히 나름대로 공부를 잘했던 초등학생 시절과 달리 중학교 입학과 함께 학업성적이 급강하폭격기처럼 곤두박질쳐서 담임교사는 나를 아주 싫어했다(당시 중학교는 성적에 아주 민감했다). 거기에 초등학생 시절부터 책만 읽어 운동 실력이 좋지 않았고, 덩치만 클 뿐 싸움 실력도 형편없었으며 사교성조차 부족했다. 그러니 왕따가 될 수밖에 없었다. 물론 홀로 외롭게 죽으란 법은 없어 비슷한 '왕따 친구들'이 모였다. 엄밀히 말하면 우리는 서로에 대한 호감이 아니라 생존을 위해 친구가 될 수밖에 없었다. 우리는 하나같이 운동을 못했고 싸움 실력이 형편없었으며 어중간한 성적에 아주 가난한 아이는 없었으나 '부잣집 도련님'도 없었다. 신기하게도 대부분 SF소설을 좋아했고 검, 마법, 기사, 용이 등장하는 롤플레잉 게임을 즐겼으며 'Dungeon&Dragons' 같은 보드게임에 흥미를 가졌다.

다행히 고등학교에 입학하자 신기하게도 학업성적과 싸움 실력이 함께 좋아졌다. 그러면서 SF소설을 읽고 판타지 보드게임을 하던 왕따 시절은 거짓말처럼 사라졌다. 여전히 책을 많이 읽고 교실 구석에서 불 뿜는 용과 사악한 마법사가 등장하는 공상에 빠지곤 했으나 그때부터는 아무도 나를 괴롭히지 않았다. 의과대학에 입학하고 나서는 복싱과 종합격투기, 주짓수 같은 거친 운동에 흠뻑 빠졌고, 낯선 곳으로 떠나는 여행을 즐기면서 왕따 시절의 그림자는 완전히 사라졌다.

그러나 '고등교육 받은 전문직이며 또래와 비교하여 강인한 육체를 지닌 40대 이성애자 남자'라는 '주류 (majority)'로 살아가는 요즘에도 왕따, 그러니까 '소수자(minority)'로 살던 기억을 잊을 수 없다.

3.

인간은 서로에게 공통점을 발견할 때 안도한다. 반면에 공통점을 찾기 힘든 낯선 존재에게는 경계심을 느낀다. 이런 성향은 강력한 본능에 가깝다. 그래서 나머지 다수와 공통점을 찾기 힘든 낯선 존재는 환영받지 못할 때가 많다. 물론 그 낯선 존재가 무시무시한 힘을 지닌 경우는 예외다. 에르난도 코르테스와 프란시스코 피사로 같은 스페인 정복자의 무시무시한 화력에 놀란 아메리카 인디오는 처음에는 그들을 신이나 악마라고 여겼다.

그러나 그런 몇몇 예외를 제외하면 낯선 존재는 혐오와 비난의 대상이다. 로마제국의 멸망 후 기독교 유럽에서 유대인의 위치가 그랬으며 오스만투르크제국에서 아르메니아인의 위치가 그랬다. 1910년 경술국치 이후 일본에 거주하는 한국인의 위치 역시 거기서 크게 벗어나지 않았다. 그들은 사회의 주류와 확연히 구분되는 낯선 존재였으며 '무력한 소수자'에 해당했다. 그래서 평소에는 은근한 차별과 경멸의 대상이었고 재난과 재앙 같은 위기가 도래하면 증오의 대상이 되었다. 인간은 남을 탓하기 좋아하고, 힘들수록 희생양을 찾는다. 그러니 재난과 재앙이 닥치면 소수자는 취약한 위치에 놓일 수밖에 없다. 소수자에게 책임을 물어 처벌하는 것보다 재난과 재앙에 직면한 사회가 쉽게 불안을 해소할 수 있는 방법이 없기 때문이다.

그래서 중세 내내 유럽에서 전염병이나 기근이 들면 유대인을 학살했다. 프랑스에서는 아예 평소에도 유대인을 '게토'라는 구역에서 살도록 차별했다. 가장 관대했던 독일도 나치당이 집권하자 1차대전 패전과 대공황의 책임을 유대인에게 물어 인종청소를 시행했다. 오스만투르크제국 역시 1차대전 당시 전세가 악화하자 아르메니아인을 인종청소했다. 일본은 관동대지진이 발생하자 재일 한국인을 학살했다.

이런 낯선 존재를 둘러싼 문제는 코로나19 대유행과 함께 우리에게도 다가왔다. 2020년 3월, 대구에서 발생한 최초의 대규모 집단감염은 신흥종교에서 시작했다. 그 집단감염의 불길이 가까스로 잡히자 이번에는 이태원의 번화가에서 새로운 불길이 치솟았다. 그러자 몇몇 언론은 이태원 번화가의 집단감염을 동성애자와 트랜스젠더 같은 성소수자의 탓으로 돌렸다.

물론 대구의 집단감염에서 신흥종교의 책임이 전혀

없는 것은 아니다. 마찬가지로 이태원의 집단감염에도 클럽 같은 유흥업소를 찾은 사람의 책임이 아주 없지는 않다. 그러나 그들의 책임은 사소한 부주의에 불과하다. 근육통과 발열, 기침 같은 증상이 발생해도 감기 혹은 몸살이라 생각하며 코로나19 확진검사를 늦게 시작한 것, 방역당국의 경고에도 마스크를 착용하지 않고 유흥업소를 찾은 것, 집단감염의 원흉으로 지목될까 두려워 역학조사관의 질문에 제대로 대답하지 않은 것 모두 평범한 사람이 쉽게 저지를 수 있는 조그마한 잘못에 불과하다. 또, 그런 잘못은 그들이 믿는 종교나 그들이 지닌 성적 지향과는 관계가 없다. 전통적인 종교를 믿는 사람과 이성애자도 비슷한 잘못을 저지를 수 있다.

그런데 많은 사람이 대구와 이태원의 집단감염을 다루며 신흥종교를 믿는 사람과 성소수자에게 엄청난 책임을 부가하고 증오를 선동한다. 그들의 신앙이 이상해서, 그들이 이성이 아닌 동성과 사랑을 나누어서 코로나19가 발생한 것이 아니며 단순히 사소한 부주의로 방역조치를 위반했을 뿐이다. 방역조치를 위반한 것에 대해서는 얼마든지 비난하고 책임을 물어도 좋다. 그러나 그들의 신앙과 성적 지향, 성 정체성은 비난, 증오, 처벌의 대상이 아니다. 하지만 대유행이 지속되면서 소수자에 대한 차별과 증오는 한층 세력을 키웠다. 재중동포—소위 조선족—와 외국인 노동자도 그런 '차별받는 소수자'에 추가되었다.

4.

코로나19 대유행은 언젠가 끝날 것이 틀림없다. 페스트, 콜레라, 인플루엔자 같은 과거의 대유행도 시간이 흐르면 사라졌다. 하지만 코로나19 대유행이 끝나도 소수자에 대한 차별과 증오는 사라지지 않을 가능성이 크다. 물론 코로나19 대유행이 이전에 없던 차별과 증오를 만든 것은 아니다. 소리 없이 퍼진 소수자에 대한 차별과 증오를 수면 위로 끌어올렸을 뿐이다.

10년 전, 도착 당시 사망을 선언할 수밖에 없었던 중년의 트랜스젠더에게는 끝까지 가족이 나타나지 않았다. 응급실을 찾지 않은 것은 당연하고 영안실과 장례식장에서도 마찬가지였다. 그의 직장동료, 그와 같은 트랜스젠더인 친구만 함께했을 뿐이다.

1.

부담없이 읽을 수 있으나 지나치게 가볍지 않은 글, 제법 진지하면서도 너무 무겁지 않은 글, 모두 대단히 멋있고 매력적인 글이 틀림없으나 실제로 작성하기는 매우 어렵다. '지나치게 뜨겁지도 않고 그렇다고 너무 식어버리지도 않아 맛있게 마실 수 있는 커피' 혹은 '짠맛과 단맛이 절묘하게 조화를 이루어 한번 젓가락을 들면 도무지 놓을 수 없는 음식' 같은 존재이기 때문이다. 솔직하게 말하면 '대담하면서도 신중한 사람이 되어라', '갈대처럼 유연하면서도 소나무처럼 강직하라', '온화한 마음을 잃지 않으면서도 단호하게 대처하라' 같은 가르침처럼 현실에서는 도무지 다다를 수 없는 목표에 가깝다.

'날마다 응급실'이라는 제목으로 책을 적는 내내 비슷한 문제를 마주했다. 메디컬에세이, 특히 응급실을 배경으로 하는 책은 휴머니즘에 관심을 쏟다가 지나친 감상에 빠지거나 '삶과 죽음'의 문제에 집중하여 너무 진지하고 딱딱하게 흐를 위험이 다분하기 때문이다. 그래서 응급실과 거기에서 일하는 사람에 대한 시시콜콜하고 사소한 잡학을 전하면서도 응급실에서 이루어지는 진료과정과 다양한 임상과의 기원을 설명하는 것에 힘을 쏟았다. 물론 무엇보다 읽는 재미도 소홀히 하지 않으려 노력했으니 여러분의 고진선처를 부탁한다.

오늘도, ——
내일도, ——
날마다 파이팅!

『날마다, 지하철』
전혜성 지음

오늘도 지하철이 있어
달릴 맛이 난다,
살맛이 난다

30년 차 지하철 생활자의
희로애락 지하철 환장 실화

『날마다, 출판』
박지혜 지음

자발적 책노예의
작은 출판사 1년 생존기

기획만이 살길이다

'날마다' 시리즈는 날마다 같은 듯 같지 않은 우리네 삶을 담습니다.

날마다 하는 생각, 행동, 습관, 일, 다니는 길, 직장⋯⋯

지금의 나는 수많은 날마다가 모여 이루어진 자신입니다.

날마다 최선을 다하는 우리를 응원하는 시리즈, 날마다 파이팅!

『날마다, 28』

장지혜 지음

혼자, 조용히,
치아를 들여다보는 마음

내향적 치과의사의
자기 마음 안아주기

『날마다, 북디자인』

김경민 지음

1포인트의 디테일을 위해
수정, 수정, 수정!

나의 오늘이 책이 될 때까지
매일 같은 자리에서 책을 만든다

교유서가 〈첫단추〉 시리즈
옥스퍼드 〈Very Short Introductions〉

001 철학   에드워드 크레이그 지음 | 이재만 옮김

002 역사   존 H. 아널드 지음 | 이재만 옮김

003 수사학   리처드 토이 지음 | 노승영 옮김

004 로마 공화정   데이비드 M. 귄 지음 | 신미숙 옮김

005 로마 제국   크리스토퍼 켈리 지음 | 이지은 옮김

006 제1차세계대전   마이클 하워드 지음 | 최파일 옮김

007 생각   팀 베인 지음 | 김미선 옮김

008 문학이론(원서 전면개정판)   조너선 컬러 지음 | 조규형 옮김

009 파시즘(원서 전면개정판)   케빈 패스모어 지음 | 이지원 옮김

010 혁명   잭 A. 골드스톤 지음 | 노승영 옮김

011 종교개혁   피터 마셜 지음 | 이재만 옮김

012 유럽 대륙철학   사이먼 크리츨리 지음 | 이재만 옮김

013 과학과 종교   토머스 딕슨 지음 | 김명주 옮김

014 과학혁명   로런스 M. 프린시프 지음 | 노태복 옮김

015 과학철학(원서 전면개정판)   사미르 오카샤 지음 | 김미선 옮김

016 법(원서 전면개정판)   레이먼드 웍스 지음 | 이문원 옮김

017 세계경제사   로버트 C. 앨런 지음 | 이강국 옮김

018 서양의학사   윌리엄 바이넘 지음 | 박승만 옮김

019 성서   존 리치스 지음 | 이재만 옮김

020 신   존 보커 지음 | 이재만 옮김

021 번역   매슈 레이놀즈 지음 | 이재만 옮김

022 유토피아니즘   라이먼 타워 사전트 지음 | 이지원 옮김

023 제2차세계대전   게르하르트 L. 와인버그 지음 | 박수민 옮김

024 사회문화인류학   존 모나한·피터 저스트 지음 | 유나영 옮김

교유서가 〈첫단추〉 시리즈는 '우리 시대의 생각 단추'를 선보입니다. 첫 단추를 잘 꿰면 지식의 우주로 들어서게 될 것입니다. 이 시리즈는 세계적으로 정평 있는 〈Very Short Introductions〉의 한국어판입니다. 역사와 사회, 정치, 경제, 과학, 철학, 종교, 예술 등 여러 분야의 굵직한 주제를 알기 쉽게 설명합니다. 이 시리즈는 새로운 관점으로 '나와 세계'를 볼 수 있는 눈을 열어줄 것입니다.

025 정치　　　　케네스 미노그 지음 | 공진성 옮김

026 이빨　　　　피터 S. 엉거 지음 | 노승영 옮김

027 르네상스　　제리 브로턴 지음 | 윤은주 옮김

028 마르크스(원서 전면개정판)　　피터 싱어 지음 | 노승영 옮김

029 헤겔　　　　피터 싱어 지음 | 노승영 옮김

030 숲　　　　자부리 가줄 지음 | 김명주 옮김

031 주기율표　　에릭 세리 지음 | 김명남 옮김

032 인권　　　　앤드루 클래펌 지음 | 이지원 옮김

033 고대 그리스　폴 카틀리지 지음 | 이상덕 옮김

034 사회학(원서 전면개정판)　　스티브 브루스 지음 | 강동혁 옮김

035 자본주의(원서 전면개정판)　　제임스 풀처 지음 | 이재만 옮김

036 포퓰리즘　　카스 무데·크리스토발 로비라 칼트바서 지음 | 이재만 옮김

037 행동경제학　미셸 배들리 지음 | 노승영 옮김

038 불교(원서 전면개정판)　　데미언 키온 지음 | 고승학 옮김

039 의료윤리(원서 전면개정판)　　마이클 던·토니 호프 지음 | 김준혁 옮김

040 몽골제국　　모리스 로사비 지음 | 권용철 옮김

041 홉스　　　　리처드 턱 지음 | 조무원 옮김

042 법철학(원서 전면개정판)　　레이먼드 웍스 지음 | 박석훈 옮김

043 마키아벨리(원서 전면개정판)　　퀜틴 스키너 지음 | 임동현 옮김

044 인류세　　　얼 C. 엘리스 지음 | 김용진·박범순 옮김

045 정치철학　　데이비드 밀러 지음 | 이신철 옮김

046 아프리카 역사　존 파커·리처드 래스본 지음 | 송찬면·송용현 옮김

(근간) 시민권 | 조경 | 영화의 역사 | 미학 | 화학사 | 푸코

날마다, 응급실
병원의 최전선에서 사람 살리는 이야기
ⓒ 곽경훈 2022

초판 1쇄 인쇄 2022년 10월 11일
초판 1쇄 발행 2022년 10월 21일

지은이 곽경훈

편집 김윤하 이희연
디자인 윤종윤 이주영
마케팅 김선진 배희주
저작권 박지영 형소진 이영은 김하림
브랜딩 함유지 함근아 김희숙 고보미 박민재 박진희 정승민
제작 강신은 김동욱 임현식 | 제작처 천광인쇄사

펴낸곳 (주)교유당 | 펴낸이 신정민
출판등록 2019년 5월 24일 제406-2019-000052호

주소 10881 경기도 파주시 회동길 210
전화 031.955.8891(마케팅) | 031.955.2680(편집) | 031.955.8855(팩스)
전자우편 gyoyudang@munhak.com

인스타그램 @thinkgoods | 트위터 @thinkgoods | 페이스북 @thinkgoods

ISBN 979-11-92247-45-8 03810

* 싱긋은 (주)교유당의 교양 브랜드입니다.
  이 책의 판권은 지은이와 (주)교유당에 있습니다.
  이 책 내용의 전부 또는 일부를 재사용하려면 반드시 양측의 서면 동의를 받아야 합니다.